Discards

Arrebato de amor

SANDRA HYATT

Editado por HARLEQUIN IBÉRICA, S.A.
Núñez de Balboa, 56
28001 Madrid

I.S.B.N.: 978-84-687-0389-3
Depósito legal: M-20660-2012
Editor responsable: Luis Pugni
Fotomecánica: M.T. Color & Diseño, S.L. Las Rozas (Madrid)
Impresión en Black print CPI (Barcelona)
Fecha impresion para Argentina: 25.2.13
Distribuidor exclusivo para España: LOGISTA
Distribuidor para México: CODIPLYRSA
Distribuidores para Argentina: interior, BERTRAN, S.A.C. Vélez
Sársfield, 1950. Cap. Fed./ Buenos Aires y Gran Buenos Aires,
VACCARO SÁNCHEZ y Cía, S.A.
Distribuidor para Chile: DISTRIBUIDORA ALFA, S.A.

Capítulo Uno

«Mantén la calma y sigue adelante». Danni St. Claire había visto el eslogan en alguna parte y, en esos momentos, le pareció adecuado. Flexionó los dedos enguantados y después volvió a estirarlos antes de agarrar el volante.

Los pasajeros que llevaba detrás del cristal no le prestarían atención, casi nunca lo hacían. En especial, si se limitaba a hacer su trabajo y lo hacía bien. En aquella ocasión consistía en llevar a Adam Marconi, heredero al trono del principado europeo de San Philippe, y a la mujer con la que había salido esa noche, a sus respectivos destinos.

Sin incidentes.

Y, lo que era más importante, sin que Adam se diese cuenta de que era ella la que iba al volante. Cosa factible, sobre todo, si mantenía la boca cerrada. A veces le costaba trabajo hacerlo, pero esa noche iba a conseguirlo. Al fin y al cabo, no tenía ningún motivo para hablar. Solo tenía que conducir y no llamar la atención. Tenía que ser invisible. Como una sombra. En un semáforo se caló la gorra de su padre un poco más.

En palacio le habían dicho que era un trabajo «de naturaleza muy delicada». Y ella había sabido que su padre, aunque no quisiese admitirlo, habría preferido que no lo hiciese Wrightson, hombre al que consideraba su rival en la lucha por conseguir el puesto de conductor jefe. Ella todavía tenía autorización para conducir, de cuando había trabajado allí mientras estaba en la universidad. No había visto a Adam desde entonces.

Aunque tampoco había sabido que esa noche tendría que llevarlo a él. Cuando había interceptado la llamada, había pensado que solo tendría que recoger a la mujer, bella, elegante e inteligente, con la que este iba a salir y llevarla al restaurante, pero después había resultado que tenía que llevarlos a ambos a casa. A posteriori, era evidente, si no, no le habrían dicho que se trataba de un tema tan delicado.

Le rugió el estómago. No había tenido tiempo para cenar y su padre nunca llevaba comida en la guantera. En el frigorífico de la parte trasera debía de haber todo tipo de manjares, pero no podía pedir que le pasasen algo. No era oportuno en ningún momento. Mucho menos esa noche. Tendría que conformarse con los caramelos de menta que tenía en el bolsillo.

En el siguiente semáforo miró por el espejo retrovisor y puso los ojos en blanco. Si en palacio habían pensado que se trataba de un trabajo delicado porque se iban a hacer travesuras en el asiento de atrás, estaban equivocados. Adam y la mujer estaban charlando. Ambos parecían muy serios, como si estuviesen resolviendo todos los problemas del mundo. Tal vez lo estuvieran haciendo. Tal vez eso era lo que hacían los príncipes y las mujeres inteligentes cuando salían juntos. Y era una suerte que hubiese alguien que no estuviese obsesionado con la cena.

No obstante, pensaba que si habían quedado para salir juntos era para conocerse, no para solucionar los problemas del mundo ni hablar de temas tan serios. Danni suspiró. ¿Qué sabía ella de protocolo? La vida de Adam era distinta a la suya. Siempre lo había sido. Ya de adolescente había parecido tener el peso del mundo entero sobre sus hombros. Siempre se había tomado en serio sus responsabilidades y obligaciones. Demasiado en serio, pensaba ella.

Lo que no sabía era que Adam estaba buscando a la esposa adecuada.

Y que una de las posibles candidatas estaba sentada con él en el asiento trasero.

Con treinta y un años, tanto su padre como el país, según los medios, esperaban que Adam hiciese lo correcto. Y eso significaba que debía casarse y tener herederos, preferiblemente varones, para continuar con la línea sucesoria de los Marconi.

Si alguien le hubiese preguntado su opinión a Danni, esta les habría dicho que, a su parecer, lo que el príncipe necesitaba era cambiar un poco las cosas, no casarse.

Siempre había pensado que estaba tan centrado en su papel que no veía lo que tenía delante. Y eso impedía también que las personas lo conociesen tal y como era en realidad.

Para Adam, encontrar a la mujer adecuada significaba tener citas, cenas románticas como la que acababa de terminar en el exclusivo restaurante que había en la parte más nueva de la ciudad...

Quizás, en vez de darle vueltas al tema de Adam, debería estar tomando notas acerca de cómo debía comportarse una mujer de verdad en una cita. Volvió a mirar por el espejo. Había que sentarse muy recta, con las manos bien cuidadas en el regazo, había que sonreír y reír educadamente, parpadear de vez en cuando y ladear un poco la cabeza para exponer un cuello pálido y esbelto.

¿A quién pretendía engañar? Ella nunca parpadeaba así ni llevaba la manicura hecha, ya que, trabajando en la industria de las carreras automovilísticas, era una pérdida de tiempo y dinero.

En ocasiones, deseaba que sus compañeros no la tratasen como a un hombre más, pero en el fondo sabía que no podía ser como un clon de la Barbie. Qué tontería, si hasta la Barbie tenía más personalidad que la mujer del asiento de atrás. ¿Por qué no sacaban la Barbie Piloto de Fórmula 1? Aunque nunca había oído hablar de una Barbie Bocazas ni de una Barbie Metepatas. Danni intentó frenarse. Estaba descargando todas sus inseguridades con una mujer a la que ni siquiera conocía.

Levantó la vista, decidida a pensar mejor de la pareja que había en el asiento de atrás. No podía ser. Sí, volvió a mirar y confirmó que Adam había sacado el ordenador y que tanto él como la mujer señalaban algo que había en la pantalla.

–Qué manera de conquistar a una mujer, Adam –murmuró.

Era imposible que él la oyera, porque el cristal estaba levantado y el intercomunicador, apagado, pero Adam levantó la vista y sus miradas se cruzaron un instante en el espejo. Danni se mordió la lengua. Con fuerza. Por suerte, Adam no pareció reconocerla y volvió a bajar la vista.

Menos mal, porque se suponía que no debía conducir para él.

Se lo había prohibido. No era una prohibición oficial, pero le había dicho que no quería que lo llevase más y todo el mundo en palacio sabía que cuando Adam decía algo, no hacía falta un documento oficial.

Aunque, sinceramente, ninguna persona sensata la habría culpado del incidente del café. No había podido evitar el bache. Suspiró. En realidad no necesitaba el trabajo, tenía su carrera y formaba parte del equipo que estaba organizando el Grand Prix en San Philippe.

No obstante, se recordó que su padre sí que necesitaba el trabajo. Y no solo por el dinero, sino para sentir que era alguien en la vida. No le faltaba mucho para jubilarse y había empezado a tener miedo de que lo sustituyesen en el trabajo que le daba sentido a su existencia. El trabajo que habían tenido su padre y el padre de este anteriormente.

Así que no volvió a mirar por el espejo retrovisor para ver qué ocurría en el asiento de atrás. Se consoló con pensar que habían pasado cinco años desde la prohibición no oficial y que seguro que Adam, que tenía cosas más importantes en mente, se habría olvidado de ella. Y la habría perdonado. Así que condujo, sin tomar atajos, hasta el mejor hotel de San Philippe y se detuvo delante de la puerta.

—Espere aquí —le ordenó Adam con voz profunda.

Un botones del hotel abrió la puerta trasera y Adam y su elegante acompañante de piernas infinitas bajaron. Clara. Se llamaba Clara.

«Espere aquí» podía significar espere aquí treinta segundos, treinta minutos o incluso horas. No sería la primera vez. No sabía si era la primera, la segunda o la tercera vez que Adam salía con Clara. Tal vez esta lo invitase a subir. Tal vez le desharía el nudo de la corbata y le quitaría la chaqueta mientras se besaban en su habitación de hotel. Tal vez consiguiese que dejase de pensar y empezase a sentir, con los dedos enterrados en su pelo moreno, explorando su perfecto pecho bronceado. Vaya. Danni se frenó de inmediato.

Había crecido en palacio y, a pesar de llevarse cinco años con él, habían jugado juntos, con el resto de los niños que vivían allí. Había habido una época en la que casi lo había considerado un amigo. Un aliado y, en ocasiones, su protector. Así que no podía verlo como a un príncipe, aunque algún día fuese a ser coronado. Y no debía imaginárselo sin camisa. También sabía que no le habría costado ningún trabajo seguir dando rienda suelta a su imaginación.

Se escurrió en el asiento, puso la radio y se caló todavía más la gorra. Lo bueno de conducir para la familia real era que nadie te pedía que te quitases del medio.

Se sobresaltó al oír que se abría de nuevo la puerta trasera.

—Dios…

Minutos. Solo había tardado minutos. Danni apagó la radio mientras Adam volvía a subir al coche.

Imperturbable. No tenía ni un botón desabrochado, ni un pelo fuera de su sitio, ni siquiera una marca de carmín. No estaba ruborizado. Estaba tan serio como antes de bajar del coche.

¿Se habrían besado?

Danni sacudió la cabeza y quitó el coche de delante del hotel. No era asunto suyo. Le daba igual.

En circunstancias normales, con cualquier otro pasajero, le habría preguntado si había pasado una buena noche, pero Adam no era un pasajero cualquiera y, además, había echado la cabeza hacia atrás y tenía los ojos cerrados, así que era evidente que no quería conversación. Y ojalá siguiese así. En quince minutos estarían en palacio. Y ella sería libre. Lo habría conseguido. Sin incidentes. Su padre estaría de vuelta al día siguiente.

Por fin, un cuarto de hora después, volvió a flexionar los dedos mientras esperaba a que se abriesen las segundas puertas de palacio. Unos minutos más tarde se detenía suavemente delante de la puerta de entrada al ala de palacio en la que vivía Adam.

Dejó de sonreír al ver que el criado que debía estar allí para abrir la puerta del coche no aparecía. Y recordó, demasiado tarde, que había oído a su padre quejarse de que Adam había decidido acabar con aquella tradición en su residencia. A ella no le había parecido tan mal, hasta ese momento. No podía esperar que el propio Adam abriese la puerta, ya que estaba dormido.

No le quedaba otra opción, así que salió del coche, lo rodeó por la parte de atrás y después de mirar rápidamente a su alrededor, abrió la puerta y se echó a un lado. Tenía la esperanza de que Adam se hubiese despertado con el ruido, pero al ver que no salía, se tuvo que asomar dentro del coche.

El corazón le dio un vuelco al verlo todavía con los ojos cerrados, pero con el rostro y la boca por fin suavizados. Los labios sensuales, apetecibles. Se dio cuenta de que tenía unas pestañas increíbles, espesas y oscuras. Y olía divinamente. Danni deseó acercarse más, respirar más profundamente.

—Adam —le dijo en voz baja.

Se habría sentido más cómoda llamándolo «señor» o «su alteza» porque de repente necesitaba tratarlo con distancia y formalidad para dejar de pensar cosas inadecuadas acerca del heredero al trono. Para dejar de desear tocar el pequeño bache que tenía en la nariz, pero Adam siempre había insistido en que el personal que había crecido con él en palacio lo llamase por su nombre.

Intentaba ser un príncipe moderno aunque Danni pensaba que tal vez hubiese sido más feliz y se hubiese sentido más cómodo si hubiese nacido un siglo o dos antes.

–Adam –le dijo, intentando hablar más alto sin éxito.

Tragó saliva. Lo único que tenía que hacer era despertarlo y que saliese del coche. Se acercó más a él y se preparó para volver a intentarlo. Le ordenó a su voz que fuese normal. Al fin y al cabo, era Adam. Lo conocía de toda la vida, aunque tuviese cinco años más que ella y un rango infinitamente superior al suyo.

Él abrió los ojos, la miró a los suyos y, por un segundo, su mirada se oscureció. A Danni se le secó la boca.

–¿Puedo ayudarte en algo? –le preguntó él en voz baja y sedosa, un tanto burlona, como si hubiese sabido que lo había estado mirando fijamente. Fascinada.

Desconcertada por lo que había creído ver en su mirada, Danni notó calor por todo el cuerpo.

–Sí. Puedes ayudarme despertándote y bajando de mi coche.

–¿De tu coche, Danielle? –preguntó él, arqueando una ceja.

–De tu coche, pero soy yo la que lo tiene que llevar al garaje –replicó ella.

Se maldijo. No debía replicarle al príncipe, por sorprendida que estuviese consigo misma. No era apropiado, pero a él pareció gustarle su respuesta, porque sonrió. Y, luego, demasiado pronto, volvió a ponerse serio.

Danni tragó saliva. Necesitaba dar marcha atrás. Lo antes posible.

–Hemos llegado a palacio. Espero que haya tenido una velada agradable –le dijo en tono educado al tiempo que retrocedía.

Adam la siguió fuera del coche.

–Muy agradable. Gracias.

–¿De verdad? –se le volvió a escapar.

Él frunció el ceño.

–¿Dudas de mí, Danielle?

Y ella notó como una brisa fría la envolvía.

Lo cierto era que sí, dudaba de él, pero no se lo podía decir y tampoco podía mentir.

–Tú sabrás.

–Eso es cierto.

Danni deseó que se alejase del coche y entrase en palacio. Que continuase salvando a la nación y al mundo.

Ella cerraría la puerta, guardaría el coche e iría a cenar algo. No habría repercusiones. Ni para ella ni para su padre.

Pero no se movió de allí. El silencio se rompió cuando a Danni le rugió el estómago.

–¿No has cenado?

–No pasa nada.

Volvió a hacerse el silencio. Un silencio incómodo. A ver si Adam se marchaba ya…

Siguió donde estaba. Mirándola.

–No sabía que estuvieses otra vez aquí. Te hacía en Estados Unidos.

–Estuve una época. Y después volví, pero esto es

temporal. De hecho, solo ha sido esta noche. Me estoy quedando en casa de papá y le ha surgido algo.

Danni contuvo la respiración. ¿Se acordaría Adam de que la había vetado?

Él asintió y Danni volvió a respirar.

–¿Está bien?

–Sí. Un amigo suyo se ha puesto enfermo. Estará de vuelta mañana.

–Bien.

Adam se giró para entrar en palacio y justo cuando Danni ya pensaba que era libre, volvió a mirarla.

–¿Qué es lo que has dicho?

–Que estará de vuelta mañana.

–No, antes, mientras conducías.

Ella pensó que era imposible que la hubiese oído.

–No me acuerdo –dijo, sin poder evitar mentir.

–Ha sido cuando he sacado el ordenador para enseñarle a Clara la distribución geográfica de la lava después de la erupción número 1.300 de la isla Ducal.

Danni no pudo evitar poner los ojos en blanco. Aquello era demasiado.

–Está bien –comentó, levantando las manos en señal de rendición–. He dicho que qué manera de conquistar a una mujer, Adam. ¿La distribución geográfica de la lava?

La expresión del rostro del príncipe se tornó fría.

Danni sabía que hacía mucho que había traspasado la línea de confianza que debía haber entre ambos, y su única esperanza era que Adam se diese cuenta de que tenía razón.

–Venga, antes no eras tan estirado.

Lo conocía desde niño y lo había visto convertirse en un hombre. Y había alcanzado a vislumbrar en él a un hombre completamente distinto cuando a Adam se le había olvidado quién era y había actuado con naturalidad.

Él arqueó las cejas, pero Danni no fue capaz de mantener la boca cerrada.

–¿Qué mujer quiere hablar de lava y de formaciones rocosas hoy en día?

Adam frunció el ceño.

–Clara tiene una beca Fulbright. Estudió Geología. Es un tema que le interesa.

–Es posible, pero no es nada romántico. ¿Dónde está la poesía, el romanticismo? Si ni siquiera la estabas mirando a los ojos, estabas mirando la pantalla. ¿La has besado al menos cuando la has acompañado a su habitación?

–No estoy seguro de que sea asunto tuyo, pero sí –le respondió él, estirándose todavía más.

Danni no se iba a dejar intimidar.

–Le has dado un buen beso, ¿no?

–¿Eres experta en besos y romances? ¿Qué me sugieres? ¿Qué le hable de las características del Bentley?

Danni retrocedió un paso, como si pudiese distanciarse del dolor de aquella pesadilla. Le gustaban los coches, no podía evitarlo. Ni siquiera quería evitarlo, aunque Adam, al que, por cierto, también le gustaban los coches, pensase que era un defecto en una mujer.

–No. No soy una experta, pero soy una mujer.

–¿Estás segura?

En esa ocasión, Danni ni siquiera intentó ocultar su vergüenza. Retrocedió un paso mucho mayor. Se le había acelerado el corazón y la boca se le había quedado abierta. La cerró.

El uniforme, formado por una chaqueta y unos pantalones oscuros, había sido adaptado para ella, la única conductora mujer. Era entallado, pero no precisamente femenino. No se pretendía que lo fuera. Y no se parecía en nada al vaporoso vestido rosa de Clara. Danni siempre había sido poco femenina y prefería la ropa práctica y cómoda, pero aun así tenía sentimientos y orgullo y Adam acababa de hacer mella en ambos. Adam, cuya opinión no debía importarle, pero, al parecer, le importaba.

Él puso gesto de sorpresa. De sorpresa y remordimiento. Alargó la mano hacia ella, pero luego la bajó.

–Danni, no quería decirte eso. Quiero decir, que sigo viéndote como una niña. Todavía me sorprende que tengas la edad necesaria para tener el carné de conducir.

Ella intentó aplacar el dolor, reemplazarlo por despecho.

–Me saqué el carné hace diez años. No eres mucho mayor que yo.

–Lo sé, pero a veces tengo esa sensación.

–Sí.

15

Siempre había sido así. Adam siempre había parecido mayor. Distante. Inalcanzable.

Él suspiró y cerró los ojos. Cuando los volvió a abrir, dijo:

–Estoy seguro de que eres toda una mujer, pero eso no te da derecho a darme consejos acerca de mis citas. He salido con bastantes mujeres.

–Seguro que sí –respondió ella en voz baja.

Con muchas. Todas bellas, inteligentes y sofisticadas, con las cualidades necesarias para convertirse en futuras princesas, pero, a pesar de dichas cualidades, raramente había salido dos veces con la misma mujer. Y, que ella supiese, nunca tres. No era que estuviese pendiente de su vida amorosa, pero bastaba con echar un vistazo a los periódicos para conocerla. No obstante, sabía que no debía hablar de ello.

Adam se estiró todavía más y se gesto su volvió distante, apretó la mandíbula.

–Lo lamento, Danielle. Profundamente. Gracias por tus servicios esta noche. No volveré a requerirlos en el futuro.

Había vuelto a despedirla.

A la noche siguiente, Danni seguía dolida por su encontronazo con Adam mientras cenaba con su padre una sopa *minestrone* frente a la chimenea. Los domingos siempre cenaban sopa y después veían una película, era una tradición.

Terminaron con la primera parte de la tradición

y se prepararon para ver la película, una comedia de acción y aventura, con un enorme cuenco de palomitas de maíz.

A menudo, cuando estaba en San Philippe, iba desde su apartamento a pasar aquella noche con su padre, pero en esos momentos lo estaba redecorando y por eso llevaba una semana allí.

Todavía tenía que contarle lo ocurrido la noche anterior.

Pero todavía no se había recuperado por completo de la experiencia.

Aunque fingía que le daba igual, no podía evitar pensar que tenía que haber hecho las cosas de otra manera. Para empezar, tenía que haber mantenido la boca cerrada.

Su padre era el conductor jefe y tenía que contárselo, pero no podía. Porque, sobre todo, era su padre y odiaba decepcionarlo. Odiaba decepcionar al hombre que había hecho tanto por ella y le había pedido tan poco.

Pensó que, si no se lo contaba, jamás se enteraría. De todos modos, ella no iba a volver a conducir para Adam.

Además, su silencio estaba justificado porque su padre seguía muy triste después de haber ido a ver a su amigo. Y no quería aumentar aquel dolor. Al menos, esa era la excusa.

Además, estaba segura de que Adam consideraría la discusión como algo personal, que no tenía por qué afectar a su padre. Él era así.

Danni acababa de encontrar el mando de la televisión cuando oyó que golpeaban tres veces la puerta. Su padre la miró con curiosidad, la misma que sentía ella. Fue a levantarse, pero Danni lo detuvo.

–Quédate aquí. Yo iré.

No solían tener visitas, sobre todo, sin previo aviso, dado que su padre vivía en el terreno del palacio, ningún amigo se pasaba por allí por casualidad.

Danni abrió la puerta.

No era ningún amigo.

Capítulo Dos

—¡Adam! –dijo sorprendida.

¿Estaba allí por lo ocurrido la noche anterior o por alguna otra cosa?

—Danielle –la saludó él, su gesto era indescifrable–. Me gustaría hablar contigo. ¿Puedo pasar?

Ella dudó un instante y luego retrocedió para dejarlo entrar. Por mucho que su instinto y su orgullo le dijesen que no se apartase, no podía negarle el paso al heredero al trono, pero la última vez que había estado allí había sido junto a su hermano Rafe, para invitarla a jugar con ellos un partido de béisbol.

Adam pasó al pequeño recibidor, dominando el espacio. Olía bien. Danni se acordó de la noche anterior. Aquel olor debía hacerle recordar la vergüenza que había pasado, no podía disfrutar de él. Oyó a su padre levantarse en el salón y salir.

—St. Claire –dijo Adam, sonriendo a su padre–. No es nada importante. Solo quería hablar con Danielle, si es posible.

—Por supuesto. Iré un rato al taller.

Danni no quería que su padre oyese lo que Adam iba a decirle porque se temía que no podía ser nada bueno. Ni quería que su padre se marchase porque, estando allí presente, tal vez Adam se contuviese.

—¿Estás trabajando en otro proyecto? —le preguntó Adam.

A su padre se le iluminó el rostro.

—Un avión a escala. Un Tiger Moth. Debería terminarlo en un par de meses. Un proyecto bonito y razonable.

Ambos hombres sonrieron.

Poco después de que Danni y su padre regresasen a San Philippe, cuando ella tenía cinco años, su padre había heredado los restos casi irreconocibles de un Bugatti T-49.

Durante años, el Bugatti había sido un proyecto que había ocupado todo su tiempo libre. Una terapia después de que su matrimonio con la madre de Danni se hubiese terminado.

No había sido un mal matrimonio, pero su amor no había superado al amor que cada uno de ellos sentía por su país natal. Su madre era infeliz en América, lo mismo que su padre en San Philippe.

Y durante años, después de la muerte de la madre de Adam, este había ayudado a su padre con el coche. Danni también se había unido a ellos y se había dedicado a mirarlos desde un banco y a pasarles herramientas. Y a recordarles cuándo era la hora de parar y comer algo.

La reconstrucción del coche había sido una terapia y una distracción para todos. Danni recordó la noche en que se había sentado con Adam en el coche terminado. Él debía de tener unos once años y había jugado a conducir el coche y a llevarla a destinos imaginarios.

Cuando Danni cumplió los quince, ya ninguno había necesitado tanto la terapia. Adam, ocupado con sus estudios y su vida, pronto había dejado de ir por allí. Su padre había vendido el coche a un coleccionista. Más tarde, Danni se había dado cuenta de que la venta del coche había coincidido con el momento en que su madre había empezado a presionarla para que fuese a estudiar a los Estados Unidos. La matrícula de la universidad no era precisamente barata.

Su padre cerró la puerta tras él y Adam y ella volvieron a mirarse. Adam la recorrió con la vista y frunció el ceño. Ella se miró también, llevaba unos vaqueros y una camiseta, como casi siempre.

—Siéntate —le dijo, haciéndole un gesto para que pasase al salón y se instalase en el sofá del que acababa de levantarse su padre.

—No, estoy… bien así —dijo, pero luego atravesó el salón y se sentó.

Danni lo siguió y se instaló en un sillón. Lo miró con cautela.

—Tengo que disculparme.

Otra vez no.

—Ya lo hiciste ayer.

Adam se puso en pie de repente y se acercó a la chimenea.

—Por eso… no. Aunque todavía lo siento. Y sigo manteniendo que no quería que te lo tomaras a mal. Es evidente que eres…

–Entonces, ¿por qué? –lo interrumpió ella.

–Por haberte despedido.

A Danni le entraron ganas de echarse a reír.

–No es mi trabajo de verdad, Adam. Trabajo en el Grand Prix. Solo le estaba haciendo un favor a papá, así que no es tanta pérdida.

–Pero tengo que disculparme porque quiero que vuelvas a conducir para mí.

Ella se quedó en silencio, observándolo.

Por fin, encontró la voz.

–Gracias, pero no. Ya te he demostrado por qué no me quieres como conductora.

–Sí, porque eres tan perspicaz y directa que me haces sentir incómodo, pero, por desgracia, creo que te necesito.

¿Le hacía sentirse incómodo? ¿Y la necesitaba? Danni sintió curiosidad, pero no hizo ninguna pregunta. Solo quería que Adam se marchase.

–No sé a qué estás jugando –le dijo–. No me necesitas. Hay muchos conductores en palacio, y yo no necesito el trabajo.

–Podría pedírselo a Wrightson –comentó él.

El joven con el que su padre rivalizaba.

–O a papá –le sugirió ella.

Adam negó con la cabeza.

–Intento no utilizar a tu padre por las noches.

Danni sabía que lo hacía por su edad, porque estuviese más tranquilo, pero tal vez su padre no lo veía igual. No le gustaba pensar que estaba envejeciendo.

–Además, no solo necesito que conduzcas –le

dijo Adam, mirándola fijamente antes de continuar–. Esta mañana he llamado a Clara para pedirle que vuelva a salir conmigo.

–¿No crees que te has precipitado?

–Tal vez, pero no tengo tiempo ni ganas de juegos.

–Ah.

Adam apoyó el codo en la repisa de la chimenea y observó el fuego.

–Me ha dicho que valora mucho mi amistad.

–Vaya.

–Pero que no había habido chispa entre nosotros –añadió con el ceño fruncido.

–Ah.

Danni no se atrevía a decir más.

–Que no le había mirado a los ojos al hablarle. Y que estaba demasiado tenso –continuó, mirándola fijamente a los ojos.

–Umm.

Danni pensó que solo con mirar así a cualquier mujer esta se derretiría o saltaría a sus brazos. Apartó la vista de él.

Adam suspiró.

–Así que… tenías razón. En todo.

–Cualquiera se habría dado cuenta –comentó ella en tono amable.

–Por desgracia, en eso también tienes razón, pero lo cierto es que nadie me lo habría dicho. No se me ocurre otra persona en cuya sinceridad pueda confiar ni a la que deba permitir que se acerque tanto como voy a permitírtelo a ti. Delante de ti puedo admitir mis debilidades porque, al parecer, ya las conoces.

Ella supo que debía de sentirse muy solo, sobre todo desde que Rafe, su mayor confidente, se había casado. El hecho de que se hubiese casado con la mujer con la que Adam tenía que haberlo hecho tampoco debía de haber sido fácil. Pero era él mismo el que se encerraba y no permitía que nadie se le acercase. No obstante, que confiase en ella le pareció un cumplido. Tal vez no lo fuese. Tal vez ella fuese lo más parecido a un hermano.

No supo qué decir. Su cabeza le aconsejo que dijese que no.

Adam estaba observando el fuego otra vez.

—Tengo que casarme con una mujer que vaya a ser una buena princesa, alguien que pueda gobernar a mi lado. Y sé lo que estoy buscando. Sé cuáles son mis necesidades.

—¿Tus necesidades? —repitió Danni. Adam no era así—. Por favor no me digas que tienes una lista en el ordenador.

Él la miró con severidad, pero habló con calma.

—Está bien, no te lo diré.

—La tienes, ¿verdad?

—He dicho que no iba a decírtelo.

—Por favor, Adam.

Él sonrió con tristeza.

—Es cierto, necesitas ayuda.

—No con la lista. Lo que hay en ella no es negociable. Solo necesito ayuda para ser mejor y para que se me den mejor las citas.

Ella negó con la cabeza.

–No necesitas ser mejor. Solo tienes que dejar que la gente te conozca de verdad.

Adam dudó un instante.

–¿Vas a ayudarme?

Y Danni sintió que había caído en la trampa.

–No he dicho eso. Me gustaría ayudarte, Adam, pero no tengo tiempo. Solo voy a quedarme con papá un par de semanas más, mientras esté de vacaciones, hasta que terminen de redecorar mi apartamento.

Él arqueó las cejas.

–¿Tan difícil te parece la tarea? ¿Piensas que necesitaré más de un par de semanas?

–No, por supuesto que no.

–Entonces, no te quitaré tanto tiempo, ¿no?

Ella se mordió el labio inferior y negó con la cabeza. Cuando ella tenía diez años, Adam se había roto una pierna y le había enseñado a jugar al ajedrez. Durante los años siguientes, cuando volvía a casa en vacaciones, siempre había encontrado tiempo para jugar con ella al menos una o dos veces, pero por mucho que Danni había intentado ganarlo, él siempre había conseguido arrinconarla y hacerle jaque mate.

–Hace mucho tiempo que no tengo que esforzarme con las mujeres y… la verdad es que después de Michele, no quería hacerlo. Así que casi se me ha olvidado.

Michele, con la que había salido varios años antes, mucho antes de que Lexie se casase con Rafe, era la última mujer con la que Adam había tenido una relación seria. Parecían la pareja perfecta y todo el mundo había esperado que se comprometiesen, pero habían roto de repente y, en esos momentos, Michele estaba prometida a un compañero del equipo de polo de Adam.

—¿Y la mujer misteriosa?

Adam frunció el ceño, no molesto, sino confundido.

—¿Qué mujer misteriosa?

—En palacio se rumorea que…

—Continúa.

—Da igual.

—¿Danni? ¿Qué es lo que se rumorea en palacio?

Ella respiró hondo.

—Que siempre que tienes tiempo libre, desapareces una o dos horas. Y cuando vuelves sueles estar de buen humor y recién duchado.

Él dejó de fruncir el ceño, echó la cabeza hacia atrás y dejó escapar una carcajada. Hacía años que Danni no lo oía reír así.

El sonido le gustó.

—¿Significa eso que no hay ninguna mujer misteriosa? —le preguntó cuando dejó de reírse.

—No, no hay ninguna mujer.

—Entonces, ¿adónde…?

—Vamos a centrarnos. Porque necesito que haya una mujer, la adecuada, y creo que tú puedes ayudarme. Es importante, Danni. Y quiero que me ayudes. Prometo no robarte demasiado tiempo.

Danni dudó.

–¿Hay algo o… alguien para lo que necesites ese tiempo?

Ella no quiso admitir que no lo había. No había salido con nadie desde que el piloto con el que había salido la temporada pasada la había dejado al empezar a ganar carreras y darse cuenta que las mujeres bellas y el éxito iban de la mano.

–Te recompensaré.

Adam interpretó correctamente su silencio dando por hecho que no había nadie, pero el ofrecimiento de una remuneración era insultante.

–No quiero que me pagues.

–Entonces, ¿lo harás?

–Pero si piensas que vas a encontrar a la mujer adecuada con listas, olvídalo.

–Por eso te necesito. Sé que las listas forman parte del proceso, pero también sé que hay más. Quiero más.

Hizo una pausa.

–Quiero lo que tiene Rafe.

Danni contuvo un grito ahogado.

–¿Quieres a Lexie?

–No –dijo él con vehemencia e incredulidad al mismo tiempo–. Solo quería decir que él ha encontrado a una persona con la que casarse. Alguien con quien es feliz.

–Se suponía que era tuya –comentó Danni en voz baja.

–Solo según mi padre. Lexie y yo nunca tuvimos nada.

Danni lo creía, pero todo el mundo sabía que el

príncipe Henri siempre había pensado que aquella heredera estadounidense era perfecta, desde un punto de vista político, para Adam.

—Y, si te soy sincero —continuó este—. Creo que, en realidad, lo que pretendía mi padre era que Lexie y Rafe terminasen juntos. Quería que mi hermano se centrase, pero sabía que se rebelaría si intentaba emparejarlo con alguien.

El príncipe Henri había encargado a su hijo Rafe que acompañase a Lexie hasta San Philippe para que esta conociese a Adam. Ambos se habían enamorado casi nada más conocerse. Después se habían casado y tenían una preciosa niña. Rafe nunca había estado tan feliz. Y a pesar de que Adam también se había mostrado contento con todo, Danni siempre había tenido sus dudas.

—¿No me crees? —le preguntó él.

Danni se encogió de hombros.

—Me gusta Lexie —le contó Adam, suspirando pesadamente, como si no fuese la primera vez que tuviese que explicarse—. De hecho, la quiero, pero como hermana. Desde el principio teníamos claro que lo nuestro no iba a funcionar. No conectamos.

—Es muy guapa. Y alegre.

—Cierto, pero no era para mí. Ni yo para ella.

Danni asintió, casi se lo creía.

Adam debió de ver la duda en sus ojos.

—Te voy a contar una cosa pero solo para que me creas.

—No hace falta.

–Yo creo que sí –le dijo él, apartando la vista casi avergonzado–. En nuestra primera cita…

Un madero se movió en el fuego mientras Danni esperaba a que continuase.

–Me quedé dormido.

Ella se tapó la boca.

–¡No!

–Había estado trabajando mucho. No era el mejor momento. Papá no tenía que habérmela traído ese día, pero, bueno, el caso es que cenamos en el mismo restaurante al que fui con Clara, disfrutamos de la cena y en el camino de vuelta a casa…

Se encogió de hombros.

–Sé que no tengo perdón, pero ocurrió.

–¿Os llevaba mi padre? –le preguntó Danni.

Adam asintió.

–Por eso siempre ha asegurado que te parecía bien lo de Rafe y Lexie.

–Me parece mejor que bien, pero he visto lo felices que son, lo mismo que Rebecca y Logan.

Poco después de que su hermano encontrase el amor, a su hermana Rebecca le había sucedido también. Solo faltaban dos meses para que se casase con Logan, un hombre de Chicago, millonario hecho a sí mismo.

–Y me pregunto…

–¿Si tú también puedes tenerlo?

Era probable que todo el mundo se hubiese preguntado aquello alguna vez. Ella lo había hecho.

Adam suspiró.

–Pero no es realista. No con mi vida. Debido a

las limitaciones que tendrá la persona que se case conmigo.

Significaba eso que se cerraba al amor. ¿Ni siquiera iba a intentarlo? Para alguien tan inteligente como él, no era un razonamiento sensato.

–¿Lo ves? Por eso es más importante que nunca que haya amor. Que ella sepa, a pesar de las limitaciones, que tú, el verdadero tú… –le dijo Danni, tocándole el lado del corazón con la punta de los dedos un instante– mereces la pena.

La mirada de Adam siguió su mano.

–Entonces, ¿vas a ayudarme?

Danni dudó.

Un error fatal.

–Tengo una cita el viernes –aprovechó para contarle él–. Podrías llevarnos tú y estarías haciéndonos un favor a mí, a mi padre y al país.

–¿Así que es mi obligación patriótica?

–Yo no lo diría así, pero… No sé si te has enterado, pero los médicos le han dicho a papá que trabaje menos e intente no estresarse. Por eso tengo que acelerar el proceso. Quiero ir acompañado a la boda de Rebecca y Logan, y no puedo ir con cualquiera. Tiene que ser una relación seria. Lo que significa que tengo que ponerme a ello ya. Solo tengo dos meses.

Danni suspiró pesadamente.

–¿Ves? Te equivocas de enfoque. No es un proceso que haya que acelerar. No puedes poner un límite de tiempo a una cosa así.

–Por eso te necesito. Como amiga.

–Tal vez pienses que necesitas mi ayuda, pero

creo recordar que no te tomabas bien ni los consejos ni las críticas. En especial, procediendo de mí.

–No –admitió él–, pero no estoy buscando críticas en sí, solo sugerencias.

–Pero mis sugerencias te parecerán críticas.

–Intentaré que no sea así –le dijo él con toda sinceridad, esbozando una sonrisa.

En otra época Danni había tenido idealizado a Adam y habría hecho cualquier cosa por él, así que tuvo que luchar con su instinto, que le decía que accediese a ayudarlo sin pensarlo más. Antes necesitaba saber en qué iba a meterse y Adam tenía que darse cuenta de que ya no era niña leal de antes.

–No funcionará si no me das libertad para decir lo que pienso –le advirtió.

Él dudó.

–Si haces esto por mí, lo aceptaré. Te lo agradecería mucho Danni.

De niña, siempre la había llamado Danni, pero después, con el paso de los años, había empezado a llamarla Danielle.

–No sé si seré de mucha ayuda.

Adam se dio cuenta de que había ganado. Danni vio el triunfo en sus ojos y cómo se relajaban casi imperceptiblemente sus hombros.

–No puedo garantizarte nada. Como tú bien has dicho no soy ninguna experta en romances.

–Pero como tú bien has dicho, eres una mujer. Y confío en ti.

Ella respiró hondo y estuvo a punto de intentar salir de aquel embrollo por última vez.

–Voy a salir con Anna DuPont. Cumple todas mis condiciones. Nos hemos visto un par de veces en acontecimientos sociales y creo que tenemos potencial. Llévanos tú. Por favor.

Podía ordenarle que lo hiciera o hacerles la vida imposible a su padre y a ella, pero se lo pidió de manera tan sincera, tan personal, que Danni no pudo decirle que no.

–Una cita –le contestó, intentando recuperar parte del control–. Te llevaré a esa cita.

Capítulo Tres

El viernes, Danni se dirigió al ala del palacio en la que vivía Adam. El edificio de piedra se erigía sobre ella como si sus sombras escondiesen secretos y se burlasen de lo poco que sabía. ¿En qué se había metido? No había protocolo posible para aquella situación, consistente en ser conductora, asesora sincera y amiga al mismo tiempo. Respiró hondo para calmarse. Lo único que podía hacer era confiar en lo que sabía y en su instinto. Al menos, no se le pediría que controlase su lengua tanto como de costumbre.

Salió del coche y esperó al lado de la puerta del pasajero mientras avisaban a Adam de su llegada. Este apareció con su habitual puntualidad.

Danni lo miró y no supo si aquello iba a ser ridículamente fácil o difícil.

Todavía estaba sacudiendo la cabeza cuando Adam se detuvo delante de ella.

–¿Tienes algo que decirme? ¿Tan pronto?

–Sí. Que vas vestido con traje y corbata.

–Sí.

–¿Vas a ir a cenar al festival de jazz que hay junto al río?

–Sí.

33

–Nadie va vestido con traje y corbata a un festival de jazz.

–Yo sí.

–Esta noche, no. No es una cena de Estado –le dijo Danni–. Dame la corbata.

Por un momento, pensó que iba a contestarle que no.

–¿Quieres que te ayude? –insistió.

Adam apretó los dientes, se aflojó la corbata y se la quitó. Luego, la dejo en la palma de su mano.

–¿Satisfecha?

–No.

–¿No?

–Desabróchate el primer botón de la camisa –le pidió.

Él obedeció con los labios apretados y luego esperó su aprobación, pero Danni seguía pensando que fallaba algo. Todavía parecía demasiado tenso y formal. Casi orgulloso.

–Y el siguiente también.

Adam abrió la boca, a punto de protestar, pero la volvió a cerrar y se desabrochó el segundo botón.

–Mucho mejor. Solo con eso pareces estar mucho más relajado, casi despreocupado. De una manera positiva –añadió, antes de que Adam se quejase.

Danni quería despeinarlo un poco, pero supo que sería demasiado para la primera noche. Tal vez otro día. Alargó las manos y le separó un poco los cuellos de la camisa.

–Así, que se te vea un poco el pecho. A las mujeres nos gusta. Es muy atractivo.

–¿Sí?

–Sí. Y hueles muy bien. Eso siempre es un plus.

Sin pensarlo, cerró los ojos y respiró hondo. Y la imagen de un Adam sin camisa inundó su mente. Aquella imagen había estado ahí desde el incidente que había hecho que le prohibiese trabajar para él. El coche había pasado por un bache y a Adam se le había caído el café encima y había tenido que cambiarse de camisa en la parte trasera de la limusina. Verlo con el pecho desnudo la había dejado sin aliento y algo aturdida, así que casi había sido un alivio que Adam la vetase después de aquello.

Abrió los ojos de nuevo y se dio cuenta de que Adam la estaba estudiando, había curiosidad y algo parecido a confusión en su mirada. Ambos tenían que acostumbrarse a la nueva situación, en la que no había los mismos límites que de costumbre.

Danni le abrió la puerta.

Luego se metió la corbata en el bolsillo, retrocedió y le hizo un gesto para que entrase al coche.

–Vamos a encontrar a tu princesa.

Una hora después estaba empezando a aburrirse. Otro motivo por el que nunca había sido una buena conductora.

Cambió de cadena de radio, ajustó el asiento y los espejos y luego se inclinó y abrió la guantera. Vio una tarjeta blanca dentro que le llamó la atención. Con el ceño fruncido, la sacó. «Por si acaso», ponía con letra fuerte e inclinada. Detrás de la tarjeta había una caja de cartón blanca. Danni la abrió y vio toda una selección de deliciosos tentempiés.

El gesto le hizo sonreír y apartar de su mente cualquier pensamiento negativo que hubiese tenido de Adam.

Pasó otra hora, durante la cual Danni se dedicó a leer y a comer algo, hasta que Adam y su cita salieron del restaurante. Vio a la delgadísima Anna reír y apoyarse en Adam y se preguntó si se estaría acercando tanto solo porque tenía frío.

Pero luego se dijo que su comportamiento se debía al champán que, tal y como ella había sugerido, habían empezado a beber de camino al restaurante.

Anna consiguió seguir pegada a Adam después de subir al coche. Este le hizo un gesto a Danni con la cabeza para que arrancase.

Al detenerse en el primer semáforo, Danni miró por el espejo retrovisor, pero no tardó en apartar la vista.

A Anna no le hacía falta contacto visual ni poesía. Ya debía de haber tenido suficiente en el restaurante. Le había desabrochado casi por completo la camisa a Adam y le estaba acariciando el pecho. Al parecer, ya nadie tenía frío. El cristal que la separaba de ellos la aislaba casi por completo de cualquier sonido, pero Anna reía.

Danni pensó en la corbata que llevaba en el bolsillo y supo que algo fallaba porque deseó pasársela a Adam y pedirle que se la pusiera. Habría esperado un comportamiento así de Rafe, y no le habría parecido mal, pero a Adam no le pegaba.

Su único consuelo era que, al parecer, su trabajo allí había terminado. Adam no necesitaba su ayuda. Anna lo estaba haciendo todo. Y era evidente que ambos lo estaban disfrutando. Ella podría volver a casa y olvidarse de Adam Marconi y su búsqueda de la mujer adecuada.

Agarró el volante con más fuerza y apretó la mandíbula. Detuvo el coche delante del edificio de Anna. Y tal vez no lo hizo con toda la delicadeza con la que hubiese debido hacerlo.

La pareja del asiento trasero se separó. Anna pasó las largas uñas rojas por la parte frontal de la camisa de Adam. El portero del edificio, con un uniforme verde y dorado, abrió la puerta y la pareja salió. Anna seguía pegada a Adam. Danni no supo si le estaba susurrando algo al oído o si estaba intentando comérselo. Más bien lo segundo.

Como no quiso seguir observándolos mientras entraban en el edificio, tomó su libro y reclinó el asiento. Ni siquiera había encontrado la página por la que iba cuando Adam reapareció y se sentó en el asiento trasero.

—A palacio —dijo en tono tenso.

Luego bajó el cristal que los separaba, pero no dijo nada. Tampoco se quedó dormido, aunque parecía cansado.

Danni sabía que había tenido una semana cargada de trabajo. Detuvo el coche delante de la puerta por la que Adam debía entrar a palacio y lo miró por el espejo retrovisor.

—Mejor.

—¿Mejor? ¿La cita?

—No. La cita ha ido mucho peor. Me refería a la parada. En comparación con la que has hecho delante de casa de Anna.

—Lo siento, se me ha ido el pie.

—Gracias.

¿Por disculparse? No iba a preguntárselo. Salió del coche, pero cuando fue a abrirle la puerta, Adam ya estaba fuera. La miró de la cabeza a los pies.

Danni solía estar siempre tranquila, pero en esos momentos deseó encogerse, ya que no sabía lo que pensaba Adam cuando la miraba. O tal vez fuese el frío lo que hacía que desease encogerse. Parecía que iba a nevar.

Posó la vista en su camisa todavía medio abierta y él frunció el ceño y empezó a abrocharse los botones. El movimiento de sus manos la hipnotizó.

—Gracias a ti también —le dijo—. Por la comida.

—No ha sido nada —contestó él, metiéndose las manos en los bolsillos e inclinando la cabeza para señalar el palacio—. Entra.

—¿A palacio?

—¿Adónde si no? No quiero que hablemos de mi cita aquí.

Danni miró a su alrededor. Había varios empleados esperando por si se les necesitaba. Si se quedaban hablando al lado del coche, todo el mundo se enfriaría. Además, ya había estado en palacio antes. De hecho, muchas veces, aunque de eso hacía mucho tiempo. Así que se encogió de hombros y entró con Adam por la puerta que les sujetaba un criado al que no conocía. Adam la guió escaleras arriba, por un pasillo cuyas paredes estaban cubiertas de retratos y Danni supo adónde la llevaba.

Él abrió la puerta de la biblioteca. La habitación, que había sido su favorita de joven, estaba llena de libros con tapas de cuero y había en ella enormes sillones. El ajedrez con el que tantas veces habían jugado también seguía allí, en un rincón, al lado de una ventana.

Danni se puso nerviosa. Hacía años que no entraba allí. El coche, la casa de su padre, eran su territorio, y en el exterior estaba... fuera. En libertad. Pero allí, dentro de palacio, estaba fuera de lugar y no se sentía cómoda.

Se acercó a una mesita auxiliar y dejó allí la gorra antes de quitarse los guantes. Se sentía vulnerable sin la protección del uniforme. Un uniforme que dejaba claro quién era ella y quién era él. Pero al pasarse la mano por el pelo pasó a ser solo Danni y él, Adam. Un hombre increíble. Serio, pero guapo, con aquellos ojos oscuros que siempre parecían observarlo todo.

Y supo que su presencia allí no tenía nada que ver con los ojos de Adam.

—Entonces, ¿qué ha pasado con la cita?

—Esperemos a después del postre.

—¿Qué postre?

Danni se giró al oír que llamaban a la puerta. Entró un criado con una bandeja y la dejó en la mesa baja que había entre dos sillones antes de marcharse.

Danni miró la bandeja y después a Adam.

–He pensado que tendrías hambre –comentó este.

–¡No tanta! –exclamó ella, mirando los dos trozos de tarta de queso y las tazas de chocolate caliente.

Adam sonrió por primera vez en toda la noche.

–No es todo para ti.

–Pero si tú acabas de cenar.

Él negó con la cabeza.

–Anna solo toma ensaladas. Nada de carbohidratos ni salsas. Así que no iba a comerme un postre delante de ella.

–Ya he cenado en el coche –dijo Danni con la boca hecha agua.

–La noche ha sido larga y era solo un aperitivo. Y, a no ser que hayas cambiado mucho, siempre has tenido buen apetito y te han gustado los dulces. La tarta de queso era tu favorita –le dijo, luego la miró–. ¿Has cambiado?

Ella sonrió y volvió a mirar la tarta.

–Al parecer, no mucho.

–Pues siéntate.

Adam le dio un cuenco y se sentó enfrente.

Danni probó la tarta y cerró los ojos, extasiada.

–¿Charlebury sigue siendo el chef? –preguntó cuando tuvo los ojos de nuevo abiertos.

Adam se echó a reír.

–Sí.

Durante los minutos siguientes, disfrutaron de la tarta en silencio. Cuando hubo terminado, Danni dejó su cuenco.

–¿No lo vas a limpiar con la lengua? –le preguntó Adam en tono de broma.

–Lo he pensado. Solo tengo una queja.

Él le preguntó cuál era con la mirada.

–Que no voy a poder apreciar el chocolate ahora.

–Pero lo vas a intentar, ¿no?

–Sería una cobarde si no lo hiciera, pero creo que tendré que esperar unos minutos.

Se acercó a una de las largas ventanas verticales y vio un único y solitario copo de nieve.

Los jardines que estaban más cerca de palacio estaban bien iluminados, pero la luz perdía intensidad a lo lejos. En la distancia, Danni vio un edificio…

–Creo que veo la casa de mi padre desde aquí.

–¿Detrás de la arboleda que hay al oeste?

–Sí. No recordaba que se viese desde aquí.

–Hace mucho que no venías. Has crecido.

–Supongo que sí. Las luces todavía están encendidas –le dijo ella, apartando la vista de la ventana–. Me parece que papá se ha vuelto a quedar dormido viendo la televisión.

–¿Te acuerdas de la primera vez que te vi aquí?

–Intento no hacerlo. Todavía me siento avergonzada. Me acuerdo de lo que te dije.

Él sonrió.

–Que fuese más alto que tú y, además, príncipe, no significaba que fuese mejor que tú.

–Sí, sí. Gracias por recordármelo.

Él seguía sonriendo, por fin con la mirada también.

–De nada.

–Era nueva aquí. Me sentía fuera de lugar y un poco… muy intimidada e insegura.

–Ya lo sabía.

Danni se giró hacia él.

–Te portaste bien conmigo. Me dijiste que te alegrabas de que no te viese diferente por ser un príncipe, porque muchas personas te trataban de manera diferente –comentó Danni riendo–. Y luego añadiste que, tal vez, el hecho de ser más alto significaba que eras un poco mejor que yo.

Señaló una estantería antes de continuar:

–Mira. El atlas sigue allí. Me ayudaste a encontrar América en él. Me preguntaste de dónde era.

–No quiero manchar mi imagen, pero se suponía que tenía que estar estudiando y no tenía ganas, así que fuiste mi excusa para no hacerlo.

Ella lo recordó sentado frente al escritorio lleno de libros. Tenía cinco años y él diez, así que le pareció bastante mayor. A la larga, el hecho de que se convirtiese en su protector había hecho que se sintiese en deuda con él.

–Entonces, ¿la cita? –le preguntó, mirándolo de nuevo. Para eso estaba allí, para ayudarlo a encontrar a la mujer adecuada.

Adam volvió a ponerse tenso y a Danni le entraron ganas de darle un masaje en los hombros.

–¿Has dicho que había salido mal? Porque tengo que admitir que, desde donde yo estaba, parecía que iba muy bien.

Adam negó con la cabeza.

–A veces las apariencias engañan. Ha resultado que no somos compatibles. Me he dado cuenta de que se me había olvidado una condición en mi lista.

–¿Cuál?

–Que sepa controlarse en el consumo de alcohol.

Adam tomó las tazas de chocolate caliente y le dio una.

–Tal vez estaba nerviosa. A lo mejor es tímida y conservadora. Tal vez haya bebido más de lo normal por ese motivo. Además, has podido intimidarla.

–Ya lo he pensado, pero lo que me ha sugerido que hiciésemos cuando la he acompañado en casa no me parece nada tímido ni conservador.

Danni prefirió no imaginarse qué era.

–Pues a mí no me ha parecido que te disgustase tanto la situación.

Adam sonrió.

–Tenía a una mujer muy bella entre mis brazos. Por supuesto que no me disgustaba la situación. Y no quería ser maleducado.

–Por supuesto que no. Siempre has sido un caballero. ¿Pero?

Él se puso serio.

–En realidad no había química. Por eso no va a haber una segunda cita.

Danni se sintió aliviada, pero no quiso analizar la sensación.

–Tal vez no sea adecuada como futura princesa.

–No.

–Y a tu padre no le parecería bien.

–Ah, no.

–Bueno, pues tanto mejor.

–Sí.

–Y es evidente que, en realidad, no necesitas mis servicios. A Anna le has parecido atractivo.

–Estaba ebria.

–No creo que eso le haga falta a ninguna mujer para encontrarte atractivo.

Ella no había tomado nada de alcohol y lo encontraba atractivo. Demasiado. Sus ojos, sus labios, su pecho, la fascinaban. Por eso lo mejor sería terminar cuanto antes con aquello.

–Ya lo sé, pero hacer esto de manera seria le quita emoción.

–Si pretendes hacerlo con la determinación y la precisión de un ejercicio militar, por supuesto que sí. ¿Cuánto tiempo hace que no te diviertes en una cita?

–No voy a hablar de eso contigo, Danni.

–Querías que te ayudase.

–Con las citas futuras, no con las pasadas.

–Pero podrías contarme las que funcionaron. O hablarme de Michelle.

–No.

Tal vez ella tampoco quisiera que se las contase, pero necesitaba ayudarlo a encontrar una solución a su problema.

–Pues encuentra a una mujer a la que le gusten las mismas cosas que a ti y hacedlas juntos. Así al menos lo pasaréis bien, aunque no surja nada más.

Adam asintió, pensativo, pero no dijo nada.

–¿Qué es lo que te gusta hacer? –le preguntó ella.

–Casi no me acuerdo –contestó él con el ceño fruncido, sacudiendo la cabeza–. Hace tanto tiempo que no he hecho nada solo por divertirme.

–Se nota.

–¿Qué quieres decir?

–No hace falta que te lo explique. Y no era una crítica.

–Sí.

–Era una afirmación. Llevas el peso del mundo entero sobre tus hombros, haces todo lo que puedes por tu familia y por tu país, y nada por ti. Nunca haces nada solo por diversión. No estaría mal que fueses más impulsivo de vez en cuando.

–Juego al polo –dijo él en tono triunfante–, cuando mi agenda me lo permite.

–Te he visto jugar –comentó Danni sacudiendo la cabeza–. No te diviertes. Juegas con la misma intensidad con la que trabajas.

–Pero lo disfruto.

–¿Por qué no haces nada solo para reír, para divertirte? Divertirte. Divertirte.

Él clavó la vista en sus labios y volvió a fruncir el

ceño. Danni se preguntó por qué fruncía tanto el ceño cuando la miraba. Tenía la sensación de que ni siquiera la estaba escuchando.

Supo que debía decirle algo más, pero se había quedado sin palabras y, de repente, se sintió sensible allí con él. Tan cerca que podía tocarlo. Fue consciente de que, aunque se había abrochado la mayor parte de los botones de la camisa, todavía tenía demasiados desabrochados para que ella pudiese sentirse cómoda, y de que su pecho la atraía todavía más que al principio de la noche. Y, además, olía divinamente.

Capítulo Cuatro

Adam miró a Danni y notó como su cuerpo se acercaba a ella. Sabía lo que eran los impulsos, y cómo luchar contra ellos. Quería besarla, tomarla entre sus brazos y hacerla callar con los labios.

Eso sí habría sido puro disfrute.

Mucho más que verla devorar la tarta de queso. Quería demostrarle que apreciaba lo que estaba haciendo por él e invitarla a tarta le había parecido buena idea, pero la había comido con tal sensualidad que Adam no había tardado en arrepentirse del gesto.

Las ganas de besarla lo sorprendieron, pero no se preocupó. Estaba acostumbrado a contener los impulsos.

Se sintió como un hombre que pretende comprar un bonito y seguro Volvo y, de repente, ve un Ferrari.

Se recordó a sí mismo que conocía a Danni desde que eran niños. Todavía se sorprendía cada vez que la miraba y volvía a darse cuenta de que ya no era una niña.

Después de la velada con Anna, la chispa, la sinceridad y la inocencia de Danni le estaban tentando demasiado. No llevaba los labios pintados, pero solo podía pensar en ellos, en cómo sabría la pequeña mancha de chocolate que tenía en el labio superior mezclada con su frescura.

Ella abrió mucho los ojos verdes y él la observó y solo pudo esperar que no pudiese leerle los pensamientos. Porque no podía pensar de ese modo en ella. Porque era Danni.

Pero si hubiese sido cualquier otra mujer, la podría haber besado.

Ella lo miraba fijamente, confundida. Se aclaró la garganta.

–Sí.

–Tienes el labio superior manchado de chocolate.

–Ah –dijo Danni riendo mientras Adam le pasaba una de las servilletas que había en la bandeja–. Gracias.

A él casi le dio pena, pero si eso servía para poder dejar de pensar en los labios de Danni, en los que no debía pensar, tanto mejor.

Cuando se había despertado en el coche la otra noche y la había visto tan cerca, oliendo a menta y al fresco de la noche, había sentido por ella un deseo primitivo. El que le había faltado en la cita con Clara.

Entonces, se había distanciado de ella y le había hablado sin pensar. Y le había hecho daño.

En esos momentos, Danni estaba esperando a que dijese algo.

–No creo que sea el momento de divertirse –comentó.

Ella retrocedió unos pasos, poniendo entre ambos una distancia que Adam lamentó y agradeció al mismo tiempo. Una distancia que lo ayudó a pensar con mayor claridad, sobre todo, si mantenía la vista apartada de sus curvas. El uniforme que llevaba puesto no le hacía justicia, pero él había visto aquellas curvas enfundadas en unos elegantes vaqueros y una suave camiseta cuando había ido a verla a casa de su padre.

—Estás de broma, ¿no? —le dijo ella en tono burlón.

Por suerte, había varias cosas de ella que no habían cambiado, como su franqueza y su manera de retarlo. Adam apreciaba sobre todo su sinceridad. Aunque en ocasiones lo volviese loco.

—Este es un tema muy serio.

—Ya me he dado cuenta —le respondió Danni en un tono condescendiente que nadie había utilizado para dirigirse a él desde hacía mucho tiempo.

—Es evidente que tiene que ser una mujer con la que ambos estemos a gusto. Quiero que me guste, y mucho, y con el tiempo, quiero quererla, pero no tengo tiempo para distracciones. Quiero estar saliendo con alguien para la boda de Rebecca y Logan y la persona a la que lleve quedará expuesta inmediatamente al escrutinio público. Y el hecho de que me divierta con una mujer no significa que esta vaya a ser la adecuada.

Ojalá fuese tan sencillo.

Danni suspiró.

—Así pues, que sea alguien con quien te diviertas no está en tu lista, ¿verdad?

–No.

–Supongo que eso explica lo de Clara.

–Clara era muy agradable. Te diré en mi defensa que parecía contenta hablando de temas importantes. Y que fue ella quien sacó los temas más serios.

–Umm.

Adam suspiró. El escepticismo de Danni estaba garantizado.

–La cosa es que, en situaciones políticas, se me da bien interpretar los mensajes cruzados y leer entre líneas. Me encanta. Pero no me había dado cuenta de que también tengo que hacerlo cuando salgo con una mujer. No quiero tener que hacerlo cuando salgo con una mujer.

–Solo se trata de escuchar, Adam, no de pensar solo en tus condiciones –le dijo, dejando la taza de chocolate–. Si tu trabajo ya es todo seriedad, es todavía más importante que vivas junto a alguien que te recuerde que puedes divertirte de vez en cuando.

–Te entiendo, pero tú no me entiendes a mí. Además, lo de mi lista es solo asunto mío.

–No estás haciendo entrevistas para un puesto de trabajo.

Adam no contestó.

–¡No son entrevistas!

Él se aclaró la garganta.

–Pues a mí no me parece tan mal.

Vio a Danni dispuesta a discutir, pero que se mordía el labio e intentaba tener paciencia con él.

–¿Qué más tienes apuntado en la lista?

–Lo normal.

Ella rio y el sonido, casi contagioso, rompió la tensión del momento.

—No hay nada que sea lo normal, Adam. Cada uno tenemos unas preferencias, pero no solemos regirnos por una lista cerrada de condiciones.

—¿Y cómo encuentra la gente a la persona adecuada?

Danni se encogió de hombros.

—Cuando la encuentras, lo sabes. Como Rafe y Lexie, y como Rebecca y Logan. Sin listas.

—Es poco fidedigno.

Ella sacudió la cabeza, rindiéndose muy a su pesar.

—Venga, dime qué tienes apuntado en la lista.

Adam dudó.

—Tal vez conozca a alguien que cumpla todas las condiciones.

Él sabía que su lista tenía sentido, pero que Danni haría que pareciese que no lo tenía. Era su lista y no era asunto de Danni St. Claire, pero quería que esta lo ayudase, así que empezó:

—Tiene que hablar varios idiomas.

—Eso lo comprendo —le dijo ella.

Pero Adam vio un brillo en sus ojos que le hizo desconfiar.

—Se puede discutir y hacer el amor en distintos idiomas. Eso evitará que os aburráis, es importante.

Adam sabía que no se lo iba a tomar en serio.

—No es para discutir ni para hacer el amor. Tengo que asistir a innumerables reuniones diplomáticas con dignatarios de todo el mundo.

Danni le estaba sonriendo.

–Quieres que me vuelva loco, ¿verdad?

–Piensa lo que quieras. De todos modos, ya te he dicho que no necesitas mi ayuda. Te las puedes arreglar solo y, además, no vamos a ponernos de acuerdo en nada.

–No –admitió él.

–Entonces, me marcho.

Danni se dio la media vuelta y fue hacia la mesa en la que había dejado la gorra y los guantes.

–No te he dado la razón, te la he quitado.

Ella se giró y le sonrió.

–Para variar.

Y aquel era justo el comentario que Adam había esperado.

–Anna ha sido un error, eso está claro.

–En eso estamos de acuerdo.

–Pero no es la clase de mujer con la que pretendo salir en un futuro. No creo que pueda volver a salir con alguien tan… directo como ella.

Si Danni seguía sonriendo, iba a tener que besarla. Así que se giró y miró por la ventana.

–Y tengo que admitir que tenías razón con respecto a la corbata –añadió.

La corbata que ella le había obligado a quitarse, prácticamente ordenándole que se desnudase.

Adam sacudió la cabeza al pensar aquello. Apoyó los puños en la repisa de la ventana y miró hacia la oscuridad.

–Tiene que ser universitaria –dijo, volviendo a centrarse–. Si puede ser, con un posgraduado. Preferiblemente, internacional.

–Continúa –le dijo Danni.

–Buena conversadora, buena anfitriona, diplomática.

–Por supuesto. ¿Algo más?

–Se le tienen que dar bien la prensa y el público, en especial, los niños.

–¿Y físicamente?

–Alta, delgada, atractiva, estilosa.

–¿Pelo?

–Me da igual.

–Qué detalle por tu parte –comentó Danni, empezando a mostrarse enfadada.

Adam se giró hacia ella y la vio con los brazos en jarras, el ceño fruncido y los labios apretados.

–¿Qué he hecho ahora?

Ella dejó caer las manos y sacudió la cabeza.

–No tienes ni idea, ¿verdad?

–No tengo ni idea de por qué estás tan enfadada de repente. Solo he contestado a las preguntas que me has ido haciendo. Te preocupaba que no asumiese bien las críticas, pero me parece que eres tú la que no soporta la sinceridad.

–Me siento indignada en nombre del género femenino.

–¿Por qué? ¿Porque tengo criterio? No me digas que las mujeres no sois igual. Tiene que ser alto, tiene que ser guapo, tiene que ir afeitado, tiene que conducir tal coche y poder llevar el tren de vida que a mí me gusta.

–No es eso lo que me molesta, sino lo que te has dejado fuera. ¿Qué pasa con la bondad? ¿Qué hay del sentido del humor? ¿Dónde está el amor? Tu criterio no son más que barreras.

–Yo no tengo barreras.

Danni se echó a reír. Se rio de él.

–Tienes más barreras de la que hacen falta para un Grand Prix.

–No es verdad.

–Sí. Todas diseñadas para que nadie vea cómo eres en realidad. Solo quieres que vean al príncipe, al líder, pero estoy segura de que no quieres casarte con alguien que te vea así. Quieres una compañera para la vida, no a alguien que solo te diga lo que quieres oír.

–La verdad es que estaría bien. En cualquier caso, mucho mejor que vivir con alguien que estuviese constantemente retándome y provocándome.

–Me rindo. No tiene sentido que esté haciendo esto, no puedo ayudarte si tú no me dejas.

Fue hacia la puerta, pero la Danni a la que él conocía, con la que había jugado al ajedrez y al béisbol, nunca se rendía. Nunca. Estaba enfadada.

–Esquiar –dijo, pensando de prisa.

Ella se detuvo y se giró a mirarlo, tenía el ceño fruncido y lo miraba con recelo.

–Me gusta esquiar. Es… divertido.

Ella sonrió.

–¿Ves como no era tan difícil?

Había sido menos fácil de lo que hubiese debido. Tal vez Danni tenía razón y él se había convertido en un verdadero muermo.

–No soy una persona frívola.

Ella volvió a acercarse.

–Nadie te pide que lo seas. Forma parte de tu atractivo, pero dedicarse solo a trabajar…

–¿Me llevarás a esquiar la semana que viene con mi próxima cita? –le preguntó él.

Danni negó con la cabeza.

–Solo accedí a hacerlo una vez.

–Te recompensaré.

Ella puso gesto de indignación.

–No soy una mercenaria.

–Antes lo eras –comentó él con naturalidad, sin creerse que pudiese sentirse ofendida.

Danni volvió a sonreír.

–Cuando tenía diez años, y solo porque mi padre no me daba nunca dinero y Rafe y tú siempre teníais algo. Me pagabais para qué hiciera lo que vosotros no queríais hacer.

–Pues ahora tengo todavía más dinero que entonces –comentó Adam, guiñándole un ojo.

A ella pareció sorprenderle el gesto tanto como a él. Hacía mucho tiempo que no le guiñaba el ojo a nadie, pero con Danni se sentía como si no hubiesen pasado los años. Se tocó el puente de la nariz.

Ella suspiró pesadamente.

–Te llevaré si me prometes que no te volverás a tocar la nariz.

–¿Perdón?

–Lo haces adrede para hacerme sentir culpable. Para que haga lo que tú quieras.

–No entiendo por qué te sientes culpable cuando me toco la nariz.

Danni puso los ojos en blanco.

–Porque cada vez que te tocas el bulto que tienes en la nariz me acuerdo de cómo te lo hiciste.

–¿De verdad? ¿Y eso te hace sentir culpable? Si fue un accidente. Y tan culpa mía como tuya.

Él tenía dieciséis años y Danni solo once. Estaba distraído, discutiendo con Rafe en vez de prestar atención al partido y, de repente, la bola le había dado en la nariz. Era la única vez que había visto llorar a Danni, porque le había hecho daño.

–Ya lo sé, pero, aun así, me siento culpable.

–Entonces, si hago esto… –dijo Adam, tocándose la nariz– ¿me llevarás este fin de semana? Por favor, Danni.

–Eso no es justo.

Adam se volvió a tocar la nariz.

–La verdad es que casi no se me nota. Yo no me lo veo cuando me miro al espejo.

–Adam, no estás jugando limpio.

–En serio. Tócalo. No es nada.

Tomó su muñeca, tan delgada, como toda ella, y le levantó la mano.

Danni lo miró con curiosidad y se mordió el labio inferior mientras alargaba la mano hacia el puente de su nariz. Tenía los dedos tan cerca de su cara que Adam no podía clavar la vista en ellos, así que la miró a los ojos. Le soltó la muñeca y le agarró la mano para darle un beso en el dorso. Era lo máximo que podía permitirse.

Y, al parecer, más de lo que ella quería, porque apartó la mano y la escondió detrás de la espalda, ruborizada.

–Todavía me duele un poco, podías darme un beso para aliviar el dolor –dijo él, sin saber cómo habían podido salir de su boca aquellas palabras.

–No juegues conmigo, Adam –le replicó ella repentinamente enfadada–. Sé que no soy una mujer sofisticada, pero eso no significa que puedas burlarte de mí.

–¿Burlarme de ti? Danni, jamás haría algo así. La única vez que lo intenté, cuando tenías unos siete años, me diste varias patadas en las espinillas.

–Acabas de hacerlo.

–No.

No había pretendido burlarse de ella, sino darle un beso en la mano. Porque besarla en los labios mientras trabajaba para él, mientras buscaba esposa, y siendo… Danni, sería una equivocación. Pero aquel beso tan casto y breve había despertado en su interior mucho más que el beso que había compartido con Anna un rato antes.

–Si te he ofendido, lo siento.

Necesitaba tiempo para conseguir que su relación volviese a ser amigable y respetuosa.

–No me has ofendido. No soy tan blanda.

–Claro que te he ofendido, es evidente.

–No. De verdad.

–Demuéstramelo. Llévame a esquiar al fin de semana que viene.

Ella frunció el ceño.

–Lo has hecho otra vez, ¿verdad? Me has manipulado para que te diga que sí.

–Jamás intentaría manipularte.

–Lo sé. Lo haces sin intentarlo.

No había sido esa su intención.

–Puedes llevarme o no, pero me gustaría que lo hicieras.

Danni había acertado con respecto a Clara, y con respecto a la corbata.

La vio abrir la boca.

–Será la última vez, te lo prometo –se le adelantó Adam–. Ves las cosas de un modo diferente a como las veo yo. Y me estoy tomando tus consejos en serio. Voy a ir a esquiar y me voy a divertir.

–¿Te guste o no?

–Exacto –contestó él, intentando mantenerse serio.

Danni se echó a reír, rompiendo la tensión que Adam había causado al besarle la mano. Sus ojos volvieron a brillar.

–Pero será la última vez, ¿eh? Después te quedarás solo y podrás tomarte la diversión todo lo en serio que te plazca.

–¿Podrías recogerme el viernes a las dos?

–De acuerdo –respondió ella a regañadientes.

Lo importante era que había dicho que sí.

–¿A quién vas a llevar?

–Todavía no lo he decidido. Hay varias candidatas.

–Umm. ¿Que cumplen con todos tus requisitos?

–Sí.

–¿Y tienes sus nombres anotados en una lista?

Él no respondió.

–¿Puedo verla?

Adam se cruzó de brazos.

–¿Por qué no salimos antes de las dos para que la diversión empiece lo más pronto posible?

–Tengo reuniones por la mañana.

Danni no puso los ojos en blanco, pero debió de hacer un gran esfuerzo de autocontrol para evitarlo. Se acercó a la mesa en la que estaban su gorra y sus guantes.

–Y no te preocupes por el uniforme. Todo esto no tiene nada que ver con los asuntos de palacio. Seremos amigos.

–Eso es lo que me preocupa. Tengo la sensación de que el suelo se mueve bajo mis pies.

Él le abrió la puerta.

–¿Cuándo han dejado de gustarte los retos?

–Cuando tú empezaste a utilizarlos contra mí.

Danni se metió la mano en el bolsillo y sacó la corbata de Adam, que ya se había olvidado de ella. La tomó y, por un segundo, estuvieron unidos por aquel trozo de seda. La tela todavía guardaba el calor de su cuerpo. Danni lo miró a los ojos y luego apartó la vista y soltó la corbata.

–Hasta el viernes.

–Gracias, Danni. No te arrepentirás.

Ella sacudió la cabeza.

–Ya me he arrepentido.

Capítulo Cinco

–Hay una cafetería un poco más adelante –le dijo Adam, rompiendo su concentración y haciendo que volviese a ser consciente de él.

–Sí –respondió Danni con cautela.

Llevaban poco más de una hora de viaje y aquellas eran casi las primeras palabras que le había dirigido Adam después de informarle de que había quedado con su cita directamente por la noche en el lugar al que iban. Hasta entonces, había dedicado el tiempo a hablar por teléfono y a trabajar en su ordenador portátil. A ella le parecía bien y esperaba que esa fuese la dinámica durante todo el fin de semana.

–Vamos a parar.

Danni lo miró por el espejo retrovisor y se dio cuenta de que había cerrado el ordenador. Cuando trabajaba estaba ausente y la situación era segura. Era cuando se echaba hacia atrás en el asiento y centraba su atención en ella cuando Danni pensaba que aquello podía ser peligroso.

–Mejor no –le contestó, tomándose la libertad de llevarle la contraria porque se suponía que estaba allí más como amiga que como conductora–. No estaba planeado y no he llamado para avisar.

–Estoy seguro de que no importa. No sé qué querrás tú, pero yo solo voy a tomarme un café. Y tal vez una magdalena.

–Lo digo por tu seguridad, ya lo sabes. Quieren que avisemos de todas las paradas que hagamos.

–No pasará nada –le aseguró Adam–. Si ni siquiera nosotros sabíamos que íbamos a parar, no puede saberlo nadie. En la medida de lo posible, quiero intentar pasar desapercibido durante todo el fin de semana.

–En ese caso, no deberíamos parar en un lugar donde la gente va a reconocerte.

Danni vio la cafetería delante de ella, un minuto más y se la habrían pasado.

–Para el coche, Danni.

Ella contuvo un suspiro, salió de la carretera y entró en el aparcamiento.

–Querías que fuese espontáneo.

¿Así que era culpa suya?

–No creo haber dicho eso, su alteza –le respondió, llamándolo así a propósito.

Estaba desesperada por volver a darle formalidad a su relación porque algo fundamental había cambiado la otra noche en la biblioteca. Cuando Adam le había besado la mano, sus labios habían prendido una pequeña y prohibida llama en su interior. De hecho, todo había cambiado un momento antes de que ella le tocase la nariz, cuando sus miradas se habían cruzado. Ella había sentido unas ganas insoportables de besarlo. De verdad. De abrazarlo, apretarse contra su cuerpo y darle un beso apasionado. Lo cierto era que no era mejor que Anna, y sin la excusa del alcohol. La espontaneidad era algo malo, muy malo.

—Si me vuelves a llamar así te despediré inmediatamente.

Danni estaba segura de que era una broma, al menos la parte de que iba a despedirla.

—De acuerdo, pero yo nunca he dicho que quería que fueses más espontáneo. Adam.

Él sonrió. Danni no se había dado cuenta hasta entonces, pero su sonrisa podía llegar a ser irritante, en especial, cuando se veía en el brillo de sus ojos que se había salido con la suya, otra vez. No obstante, ella sonrió también, no pudo evitarlo.

—No, pero lo diste a entender. Así que voy a ser espontáneo. Y vamos a parar a tomarnos un café aunque no estuviese planeado.

—A Paul no le va a gustar.

Paul era el jefe de seguridad de palacio. Había tenido una reunión de media hora con él antes de recoger a Adam esa mañana.

Todo estaba cambiando. Hasta el hecho de que este hubiese insistido en que no se pusiese uniforme la molestaba. No estaba acostumbrada a llevarlo vestida con vaqueros y una camiseta. Se sentía… desconcertada, como si no tuviese claro cuál era su papel. Los límites ya no estaban tan claros en su mente y eso le permitía pensar en Adam y en besos al mismo tiempo. Tal vez debía haber metido el uniforme en la maleta, solo por si acaso.

—Paul se las arreglará. Ahora, ¿vas a venir conmi-

go o te vas a quedar sentada en el coche, enfurruñada?

–No estoy enfurruñada.

–Mejor. Vamos a tomar café.

Danni salió y murmuró entre dientes:

–Sí, su alteza.

Cuando llegó a la puerta de Adam este ya la había abierto y había salido.

–Algún día… –empezó ella.

Él esperó a que continuase con una sonrisa.

–¿Sí?

–Que algún día te voy a ganar.

Él sonrió todavía más, cortándole la respiración.

–No lo creo.

Danni sacudió la cabeza y se dio la media vuelta
para salir de la línea de fuego de su sonrisa. Se le
había olvidado, o tal vez no se hubiese dado cuenta
antes, porque se habían conocido de toda la vida,
de lo atractivo que era en realidad. Tenía que sentirse molesta con él, era lo mejor, lo más seguro.

Una vez en la cafetería pidieron unos cafés y
unas magdalenas de chocolate y se sentaron en una
mesa con vistas a una colina con un pinar que había
delante de las montañas nevadas.

–Esas montañas se ven desde mi despacho de palacio –comentó Adam, apoyando la espalda en su si-
lla después de darle el primer trago al café–. Siempre que las veo pienso que tengo que subir. Rafe y
Lexie han estado en el chalé Marconi varias veces, y
Rebecca y Logan también, pero yo hace años que
no lo piso. Así que gracias.

Danni se encogió de hombros.

—Me alegro de poder ayudarte.

Se alegraba más de lo que se atrevía a confesar. Adam ya parecía distinto, un poco menos tenso. Aquello podría ser un servicio a su país. Aunque en esos momentos su país no le importase lo más mínimo, solo le importaba él y la manera de ayudarlo. Parecía relajado y abierto.

—Entonces, ¿con quién has quedado? —le preguntó, ya que necesitaba recordar lo que estaba haciendo allí.

Adam no le había contado nada. Solo que la mujer en cuestión estaría esperándolo en el chalé.

—Claudia Ingermason.

—¿La esquiadora?

La Claudia Ingermason en la que Danni estaba pensando había ganado dos medallas para San Philippe en los Juegos Olímpicos y después había lanzado una marca de ropa y equipamiento de esquí. Además, era tan guapa que parecía una súper modelo sueca.

Él asintió.

—Lo ha movido Rebecca. Son amigas de hace tiempo. Me dijiste que intentase salir con alguien con quien pudiese divertirme. A ambos nos gusta esquiar, así que debería ser… divertido.

—Entonces, ¿todavía no la conoces?

—No.

—¿Es como una cita a ciegas?

—No. Sé quién es.

—¿Has obligado a Rebecca a que te organizase la cita?

–No me gusta la palabra obligar. Y, aunque lo intentase, Rebecca jamás lo permitiría. Le pregunté si se le ocurría alguien y pensó en Claudia.

–Parece perfecto –comentó ella, dejando su taza de café en la mesa–. ¿Por qué no nos vamos ya? Cuanto antes lleguemos, antes podrás empezar a divertirte con Claudia.

–No hay prisa. Claudia tiene una sesión de fotos para la próxima temporada y va con un poco de retraso. Llegará al menos una hora después de nosotros –le contestó Adam, que tenía la taza de café agarrada con ambas manos y no parecía tener ganas de moverse de allí–. Solo hay una cosa que no entiendo.

–¿El qué?

–¿Por qué sigo teniendo la sensación de estar trabajando?

–Porque tú haces que sea así. Estás intentando forzarlo.

–Solo pretendo acelerar las cosas.

Ella sacudió la cabeza.

–Relájate. Si es que te acuerdas de cómo se hace. Si tiene que ser con Claudia, todo saldrá bien. Y, si no, al menos habrás estado esquiando, pero en cualquier caso pienso que deberíamos marcharnos porque no me gusta cómo está el cielo.

Las nubes que había a lo lejos estaban cada vez más oscuras.

Adam frunció el ceño.

–¿Has mirado el tiempo?

Danni miró al cielo.

–Se supone que no va a nevar hasta esta noche o mañana.

–Eso mismo pensaba yo.

Adam se encogió de hombros y dio otro sorbo a su café. Luego cerró los ojos un instante. Dado que era lo más relajado que lo había visto en años, Danni decidió no meterle prisa. La noche anterior había tenido un acto social y, a juzgar por un comentario que había hecho un rato antes, parecía que no había dormido mucho porque había tenido que atender varias llamadas desde el otro lado del mundo.

–¿Qué haces? –preguntó Danni quince minutos después, horrorizada al ver que Adam se sentaba en el asiento delantero, a su lado.

–¿Tú qué crees?

–Creo que se te ha olvidado dónde se supone que te tienes que sentar.

–¿Dónde me tengo que sentar? Este es mi coche. Puedo sentarme donde quiera.

Aquello era típico de un hombre, de un hombre acostumbrado a hacer siempre lo que quería. Probablemente, porque podía hacerlo. Había llegado el momento de ser diplomática.

–Sí, un coche muy bonito, pero la conductora soy yo. Y la gracia de tener un conductor es poder ir sentado en el asiento de atrás, trabajando, y no tener que preocuparse por dar conversación a la persona que conduce.

–Ya te dije que este no era un trabajo de conductora como tal. También eres mi amiga y consejera. Quiero sentarme aquí porque las vistas son mejores –le dijo Adam, mirándola a ella.

Danni arrancó y puso el coche en marcha, y él abrió la guantera.

–¿Qué haces?

–Quiero ver qué es lo que guardas aquí.

–Nada.

Él sacó la novela de suspense que estaba leyendo y le dio la vuelta.

–Pues yo veo algo.

–Nada que pueda interesarte. ¿Adam?

–¿Sí?

–¿Estás seguro de que no tienes que trabajar?

Él sonrió y cerró la guantera.

–Estoy seguro. La verdad es que estoy empezando a tener dudas acerca de esta cita. No en lo referente a esquiar, sino a tener que conocer a otra mujer.

–Eso es porque sigues viendo esto como otro trabajo.

–En parte, pero, sobre todo, es porque me he dado cuenta de que si la química no es la adecuada, va a ser una pérdida de tiempo.

–No hay nada como anticipar el éxito.

–¿Y si es evidente desde el principio que no va a haber nada entre nosotros? Tenía que haber quedado solo a cenar. Así que, para que lo sepas, si la cosa va mal te echaré a ti la culpa.

–Si eso te hace sentir mejor.

–Ya sabes que jamás te echaría a ti la culpa, era broma.

–Yo no estoy tan segura, pero me da igual.

A Danni le encantó verlo sonreír.

Ambos se quedaron en silencio y Adam pareció contentarse por fin con estar allí sentado, absorbiendo la belleza y la serenidad de todo lo que los rodeaba. El suelo estaba cubierto por una alfombra de nieve, que se extendía también sobre las ramas de los árboles. Habló solo una vez, para señalar el rastro de un ciervo que acababa de desaparecer en el bosque. Danni casi podía notar cómo se iba relajando poco a poco.

El teléfono de Adam sonó. Fue una llamada breve. Él aseguró a la persona que estaba al otro lado que no pasaba nada y que no tenía por qué disculparse. Luego colgó y echó la cabeza hacia atrás.

–Solucionado. Da la media vuelta.

Danni lo miró de reojo.

–Volvemos.

–¿Ocurre algo? –le preguntó ella.

–Que Claudia no puede venir. Y si ella no puede venir, no tiene sentido que yo vaya. Además, así podré asistir a la reunión del Prince's Trust.

–Pensé que te alegrabas de tener una excusa para no ir.

–Sí, pero ya no la tengo.

–¿Y esquiar?

–La montaña no va a marcharse a ninguna parte. Ya subiré en otra ocasión.

–¿Cuántos años hace que no subes?

–Lo haré –mintió él.

Danni se sintió mal porque Adam iba a perderse el primer día libre que había estado a punto de tener en casi un año.

–¿Tienes a personas competentes en esa reunión?

–Sí.

–Entonces, ¿por qué no continúas con la mitad del plan y disfrutas esquiando? Si cubres tus propias necesidades serás mejor líder que si no lo haces.

–Tengo cosas más importantes que hacer.

–Pero…

–¿Qué?

–Nada.

Ella no era la persona adecuada para hacer comentarios acerca de su vida privada.

–¿Qué ibas a decir?

–Solo que no puedo dar la vuelta aquí. Hay un lugar mejor más adelante.

–Bien.

Adam apoyó la cabeza en el respaldo y cerró los ojos.

Unos minutos más tarde su rostro estaba relajado y su respiración era lenta y profunda. Dormido por fin, parecía estar casi sonriendo.

Había pasado una hora cuando volvió a abrir los ojos.

Danni llevaba media hora arrepintiéndose cada vez más de su decisión. Sobre todo, se había arrepentido durante los últimos diez minutos, que era cuando había empezado a nevar, antes y con más fuerza de lo previsto.

Adam puso el asiento más recto y miró a su alrededor con el ceño fruncido.

–¿Danni?

–Sí.

–Está anocheciendo –dijo, mirándose el reloj–. Y está nevando.

–Sí, pero no pasa nada, yendo en el Range Rover –le respondió ella, aunque tampoco le gustase aquello.

–Y tengo la sensación de que seguimos subiendo la montaña.

–Ah, sí, eso parece.

–¿Eso parece?

A Danni no le gustó la mezcla de sarcasmo e irritación que había en su voz.

–¿Por qué seguimos subiendo?

–Porque...

Él esperó en silencio.

–Porque ya casi hemos llegado al chalé.

–¿El chalé Marconi?

–Deja de repetir mis palabras.

–Lo hago para ver si tienen más sentido saliendo de mis labios. Por desgracia, no. Y vas a tener que darme una explicación.

–Te has quedado dormido.

–Ya lo sé.

–Y parecías tan cansado.

–Danni.

–Y no he encontrado ningún sitio para dar la vuelta.

–¿Ninguno, en una hora?

Ella no respondió.

–Da la vuelta. Ahora.

–No creo que sea buena idea.

Estaban solo a veinticinco minutos del chalé.

–Es evidente que a ti no te parece buena idea, pero eso me da igual. Lo que me importa es volver a palacio. Esta noche. Para poder dormir en mi cama y hacer todo lo que se supone que debo hacer mañana.

–Pensé que querías tomarte un respiró. Pensé que te vendría bien.

–Pues te equivocaste.

–Adam. Yo…

El coche dio una sacudida y se fue hacia la derecha y, al mismo tiempo, una alarma empezó a sonar en el ordenador de a bordo. Danni supo lo que había ocurrido. Lo último que habría deseado que ocurriese.

Habían pinchado.

Echó el coche a un lado de la carretera y, durante un minuto, se quedó allí sentada, sin atreverse a mirar a Adam.

–Tardaré solo un par de minutos –le dijo.

Tardaría menos en cambiar la rueda ella que en esperar a que llegase la asistencia.

Cuando llegó a la parte trasera del coche, Adam ya estaba allí, poniéndose una chaqueta.

–¿Qué haces? –le preguntó.

–Cambiar la rueda –respondió él en tono autoritario.

Pero ella lo contradijo de todos modos.

–No, claro que no. La conductora soy yo. La voy a cambiar yo. Para eso estoy aquí.

Abrió el maletero.

–Tenías que haberme llevado adonde yo te había dicho y no lo has hecho.

–Eso es otra cosa.

–No voy a ponerme a discutir contigo –le dijo él en tono amable, pero implacable–. Este es mi coche y voy a cambiar la rueda.

Y, dicho aquello, sacó la rueda de repuesto del maletero.

–Si yo fuera un hombre, ¿insistirías en cambiar la rueda tú? –le preguntó Danni, tomando el gato y siguiéndolo.

Adam dejó la rueda de repuesto en el suelo.

–Si fueras tu padre, lo haría.

Danni dejó el gato a un lado y se giró hacia él.

–Y mi padre se sentiría tan insultado como yo.

–Pues te aguantas. No me voy a quedar mirando cómo cambias la rueda. ¿Por quién me tomas?

Adam fue a por el gato y ella se interpuso en su camino.

–¿Y tú esperas que sea yo la que me quede mirando? Es mi trabajo, Adam. Para eso estoy aquí.

–No, estás aquí para otra cosa –la contradijo él.

–De eso nada, soy yo la que te he traído hasta aquí, su alteza –le dijo, intentando recordarle de ese modo cuáles eran sus respectivos papeles.

–Bueno, creo que acabas de solucionar nuestro problema. Te advertí que si volvías a llamarme así, te despediría. Lo que significa que ya no eres mi conductora, apártate.

Aquello le enfadó.

–No puedes despedirme sin darme un preaviso por escrito, así que sigo siendo tu conductora y voy a cambiar la rueda.

–No. No eres mi conductora y no vas a cambiar la rueda –le dijo él, acercándose más, intimidándola con su tamaño y su proximidad.

Un centímetro más y estarían tocándose. Danni levantó la vista y lo miró a los ojos. Sus alientos se mezclaron. El calor del cuerpo de Adam la rodeó y sintió en el suyo un calor muy diferente. Se le aceleró la respiración. Tardó un momento en darse cuenta de lo que le ocurría.

Aquello era deseo.

No. No era posible. No con Adam. Era solo porque lo tenía muy cerca y era un hombre, y porque llevaba mucho tiempo sin tener ninguna relación.

El brillo de los ojos de Adam cambió, se le oscurecieron y la ira y la testarudez fueron reemplazadas por algo que Danni no supo definir. El tiempo se detuvo. Él inclinó la cabeza muy despacio, ella aspiró su aroma y, sin querer, se humedeció los labios y tragó saliva. Iba a besarla y ella no debería desearlo.

Pero lo deseaba.

En un único y hábil movimiento le metió las manos debajo de las axilas y la movió de sitio.

Luego sonrió y se sacudió las manos. Victorioso. Satisfecho con el triunfo. Danni lo maldijo.

Tardó unos segundos en recuperar el control y asumir que había pensado en Adam de ese modo y había deseado comprobar a qué sabían sus labios.

Y él le había leído el pensamiento y la había evitado.

Adam se agachó al lado de la rueda pinchada, colocó el gato y buscó la llave inglesa, relegando a Danni al papel de mera observadora o, como mucho, ayudante. Ella no supo si morirse de la vergüenza después de lo ocurrido o sentirse frustrada por cómo la había rechazado como conductora y como mujer.

—Si me despides, tendrás que conducir tú hasta casa. Perderás un montón de tiempo que podrías aprovechar trabajando.

—Será un placer —respondió él—. Así al menos sabré que voy adonde quiero ir.

—Y tendrás que arreglártelas solo con lo de las citas. Tendrás que aprender a relajarte y a animarte solo.

Él arqueó las cejas.

—Si para ti esto es ayudarme a relajarme, creo que podré prescindir de tu ayuda.

En cierto modo tenía razón. Lo único que había conseguido era empeorar las cosas.

Adam se puso a cambiar la rueda y ella se apartó y lo observó. La nieve salpicaba su cabeza y sus hombros. Aunque fuese mezquino, intentó poner pegas a su manera de trabajar, pero él no le dio ninguna oportunidad.

La fuerza y la competencia solían parecerle atractivas, pero en Adam, después de todo lo ocurrido, le resultaron molestas. Lo vio dejar la rueda pinchada en el suelo y se inclinó a por ella.

–Déjala –le dijo él–. Yo la guardaré cuando haya terminado.

Sonó a orden, pero Danni hizo caso omiso y, mientras él suspiraba, la llevó al maletero.

Había vuelto a despedirla. Otra vez. La tercera.

Si ya no era su jefe ni ella su empleada, y tampoco eran amigos, ¿qué eran entonces? Dos conocidos que estaban temporalmente parados en una cuneta mientras cada vez nevaba más. Todo era demasiado impredecible. Incluido Adam.

Tal vez ella tenía que haber previsto que se enfadaría si no le hacía caso y no daba la vuelta, pero no había imaginado que se empeñaría en cambiar la rueda, ni mucho menos, que habría esa química momentánea que habían tenido.

No pasaba nadie por aquella carretera. Danni volvió a acercarse a él y lo observó, intentó descifrarlo. Adam era mayor que ella, pero no tanto; siempre había sido así, pero debido a eso y a sus respectivas posiciones, siempre había sido intocable. También se suponía que era imperturbable, prudente y predecible.

Lo había sido hasta entonces.

Si Adam ya no era Adam, trastocaba todo su universo.

Danni se metió las manos enguantadas debajo de los brazos y se balanceó para intentar mantener el calor.

Él volvió a bajar el coche al suelo y apretó las tuercas de la rueda.

–Vuelve al coche. Tienes frío.

–Estoy bien –respondió ella, tomando el gato.

Adam la miró fijamente.

–¿Te han dicho alguien alguna vez que eres muy testaruda?

–Me lo han dicho muchas personas, pero, viniendo de ti, me resulta gracioso.

–¿Insolente?

–Eso, tal vez.

Adam sacudió la cabeza.

–¿Provocador?

–No más que tú.

Él se puso en pie.

–¿Exasperante?

Ella se incorporó también y lo fulminó con la mirada.

–Le dijo la sartén al cazo.

Adam levantó la vista al cielo, como pidiéndole ayuda antes de volver a mirarla a los ojos. Al parecer, no la encontró y puso cara de frustración.

Y entonces volvió a haber algo más en su mirada. Algo que causaba en ella un efecto ridículo. Hacía que el mundo se detuviese.

Siguió mirándolo e intentó ocultar su reacción e intentar averiguar qué había cambiado para poder lidiar con ello.

–Tú lo eres mucho más que yo –insistió Adam con incredulidad.

–No, porque yo…

Adam le puso la mano en la nuca y la acercó a él.

Sus labios tocaron los de ella, dejándola sin habla y llenándola con su sabor, con el exquisito calor de su boca. Él tomó y dominó, y ella le dio y respondió con el mismo fervor.

Aquello era lo que Danni había deseado.

Él era lo que había deseado.

Lo abrazó con fuerza e inclinó la cabeza para permitirle que profundizase el beso, para que la cautivase todavía más. Le gustó la erótica invasión de su lengua. Y el fuego fue creciendo en su interior, como si Adam hubiese echado una cerilla a un tanque de gasolina.

Danni se dejó llevar por las sensaciones.

Unos segundos después, Adam la había apoyado en el coche y le agarraba la mandíbula con las manos frías, que contrastaban con el calor de su boca. Enterró las manos en su pelo de manera posesiva. Apoyó su cuerpo en el de ella, que se arqueó contra su pecho y contra sus caderas, esclava de las sensaciones. Deseaba a Adam y este era todo lo que había pensado, casi deseado, que no fuese. La frialdad y la distancia se habían convertido en abrasadora pasión.

Él la besó como si se estuviese muriendo por tenerla y despertó la misma sensación en ella.

Danni gimió.

De repente, Adam rompió el beso y se apartó.

Sus ojos, turbios de pasión, la miraron y ella vio cómo la sorpresa y el arrepentimiento sustituían a la pasión. Él apartó las manos de su cabeza, como si le quemase, y las cerró con fuerza.

Un horrible silencio los envolvió.

A Danni empezó a calmársele el pulso e intentó normalizar también su respiración. Adam tragó saliva.

—Danni, yo...

—No —dijo ella, dándole la espalda y tomando el gato para llevarlo al maletero.

No podría soportar que se disculpase, que expresase el pesar que tan claramente había visto en su rostro. No quería oír la palabra «error» salir de sus labios.

Apretó los dientes y guardó las herramientas, avergonzada por la incontrolada y reveladora respuesta que había tenido a su beso. Y a pesar de saber todo lo que sabía de Adam, y que era imposible que este la desease, o que se permitiese desearla, esperó con la esperanza de que le dijese algo. Algo que no fuese que estaba arrepentido.

Pero podía haberse muerto esperando.

En silencio, Danni fue hacia la puerta del conductor. Dado que habían abandonado todo protocolo, iba a ser ella quien condujese. Era la única posibilidad que tenía de controlarse. Eso les recordaría a ambos quién era cada uno.

Él se sentó a su lado en silencio.

No había directrices establecidas para aquella situación.

Danni arrancó el coche y respiró hondo con la vista clavada en la oscuridad más cercana. Del mismo modo que Adam estaba recordando quién era, ella también debía recordar su papel. No podían volver a casa con aquel tiempo. Casi no había visibilidad y la carretera estaría resbaladiza, cubierta de nieve. Por mucho que le doliese, tenía que prevalecer el sentido común. Estaba deseando que aquello terminase. No era una cobarde, pero ansiaba salir corriendo y esconderse. En su lugar, respiró hondo y dijo:

—Creo que no deberíamos volver a palacio esta noche.

Capítulo Seis

Adam miró a Danni, que estaba sentada estoicamente detrás del volante, concentrada en la carretera. El ambiente dentro del coche era todavía más frío que en el exterior, y no precisamente debido a la nieve que Danni tenía en el pelo y en los hombros. La tensión de su mandíbula no tenía nada que ver con las malas condiciones de la carretera, sino con aquel beso.

Olía a pino y a nieve y sabía a los caramelos de menta que llevaba en el coche y, por un segundo, se había fundido con él. Su cuerpo ágil se había apretado contra el de él a pesar de la barrera de la ropa. El deseo los había sorprendido a ambos y, por un momento, no había importado nada más.

Danni había cobrado vida entre sus brazos, fuego y luz, tal vez ella fuese así. Era probable que aquella fuese su manera de hacer el amor. Adam estuvo a punto de gemir.

Tenía que dejar de recordar y de revivir el beso.

Había metido la pata. Hasta el fondo. Y tenía que arreglarlo. Tenía que encontrar la manera de que las cosas volviesen a ser como antes de haberla besado.

No tenía que haberla besado, pero en ese momento, le había parecido lo más adecuado del mundo.

Se dio cuenta de que cada vez nevaba más y supo que en esos momentos tenía que solucionar otro problema.

–¿A cuánto estamos del chalé? –preguntó, con más brusquedad de la pretendida.

Era difícil retomar el control. Por mucho que intentase evitarlo, todavía la deseaba.

Pero aquella era Danni y no podía desearla.

El beso, el deseo, eran una aberración.

–A veinticinco minutos –respondió ella en voz baja, apretando los labios al terminar de hablar.

Qué labios. Se había sentido obligado a besarlos y no hacerlo habría sido una de las cosas más difíciles de su vida.

La dulce y fresca Danni besaba de maravilla. Como en el sueño más erótico. Su manera de responder, el modo en que sus bocas habían encajado, la sensación de tener su cuerpo pegado... todo le había parecido... perfecto. Y había sido como la promesa de un placer prohibido.

Solo se había arrepentido después. Cuando un último rastro de sensatez le había advertido que se apartase, entonces había visto la sorpresa en sus ojos y se había dado cuenta de lo que había hecho, de los límites que había rebasado, de lo mal que estaba besar a Danni, por mucho que le hubiese gustado.

Su responsabilidad, aunque ella no estuviese de acuerdo, era protegerla, no hacerla suya, asaltarla e insultarla.

—Vamos al chalé.

Era la mejor opción, teniendo en cuenta cómo estaba empeorando el tiempo, aunque también fuese arriesgado estar allí con ella. No obstante, si se centraba en su deber, tal vez tuviese la oportunidad de hacer las cosas bien. De volver a la normalidad. Porque, sino, cuando volviesen a palacio, cada uno seguiría su camino y la perdería para siempre.

Estudió su perfil mientras buscaba las palabras. Se le consideraba un gran diplomático, pero en esos momentos, no era capaz de serlo. No lo había sido porque se había dejado llevar.

Él siempre pensaba antes de actuar o de hablar. Siempre.

Menos en ese momento. Y todo se debía a Danni, que despertaba en él cosas que no le gustaban. Hacía que se olvidase de pensar.

—Danni...

—No quiero oírlo, Adam.

Tenía que hacerlo. Tenían que aclarar las cosas.

—Ha sido un accidente.

—¿Qué quieres decir, que te has resbalado, te has caído y tus labios han ido a aterrizar sobre los míos? —le preguntó, sacudiendo la cabeza y sonriendo levemente.

—Yo...

—No. Sé todo lo que vas a decirme y no hace falta. No tenía que haber ocurrido. Ambos lo sabemos. Vas a intentar echarte tú toda la culpa, como si no tuviese nada que ver conmigo. Como si yo no lo hubiese deseado. Vas a decirme que debemos olvidarnos de lo ocurrido, pasar página y seguir adelante.

Él deseó contradecirla, pero no podía.

—Estoy de acuerdo —añadió ella—. Olvidémoslo.

Luego volvió a apretar la mandíbula y clavó la vista en la carretera que tenía delante.

Una de las cosas que tenían en común era que a ninguno le gustaba admitir que era débil, tal vez en esos momentos fuese lo mejor.

—¿De verdad piensas que es posible? No ha sido un beso normal y corriente.

Él todavía estaba aturdido, todavía tenía el pulso acelerado.

—En eso tienes razón, no ha sido un beso normal y corriente. Ni mucho menos. Y debería retirar lo que dije después de tu cita con Clara de que debía de haber algo que fallaba en tu técnica. Porque es evidente que no, pero será mejor que lo dejemos como está.

—¿Crees que podemos?

—Por supuesto que podemos. Ha sido un error cometido en el calor del momento y ese momento ya ha pasado. Ha sido un minuto de todos los años que nos conocemos. Y esos años tienen que contar más que un solo minuto, ¿no crees?

—Sí.

—Entonces, si vas a disculparte por algo, que sea por haberme despedido.

—Me has llamado su alteza.

—Te estabas comportando como un cerdo engreído.

–Menos mal que ya estás despedida.

Ella sonrió y él sintió que le quitaban un peso de encima.

–Ya me has despedido tres veces. Todas de manera injustificada.

–Hiciste que se me cayese el café en la camisa.

–Fue sin querer.

Lo cierto era que no la había despedido por lo del café, sino por cómo se habían cruzado sus miradas en el retrovisor cuando él se había quitado la camisa. Por el deseo que había sentido por ella. Por aquel entonces, Danni tenía solo veintiún años y era su amiga, y él no había querido sentir deseo por ella, así que había perdido su amistad. Y la había echado de menos. No siempre, pero, en ocasiones, en momentos tranquilos, había pensado en ella.

–Entonces, ¿podemos hablar de otra cosa? ¿Por favor?

Si ella estaba preparada para intentarlo y para pasar página, él, también.

–Háblame del Grand Prix.

–Gracias –le dijo Danni aliviada.

Y luego le contó cómo se estaba desarrollando todo. Aunque al principio parecía tensa, poco a poco empezó a hablar con más naturalidad. A ninguno de los dos se le había olvidado el beso, pero la conversación, la posibilidad de encontrar un terreno neutro, le dio la esperanza a Adam de que el daño no fuese irreversible.

Después de diez minutos vieron a través de la nieve una señal que indicaba que había un hostal que Adam no recordaba. Miró a Danni. Estaba agarrando el volante con fuerza y todavía les quedaban otros quince minutos para llegar al chalé.

–Vamos a quedarnos aquí.

–Pero…

Danni obedeció.

Detuvo el coche debajo del pórtico de un chalé de estilo australiano. Era mucho más pequeño que el chalé Marconi, pero era un lugar en el que refugiarse, lo que necesitaban.

–Iré a ver si tienen habitaciones libres –dijo, en modo conductora y no amiga.

Él la agarró del brazo, volviendo a romper el protocolo, para detenerla antes de que pudiese abrir la puerta. A pesar de que la cosa se había normalizado un poco durante los diez últimos minutos, él al menos no podía seguir adelante sin disculparse de verdad.

Ella se giró, pero solo para ponerse de frente al parabrisas.

–No –le dijo, leyéndole la mente–. No ha ocurrido. Ya hemos pasado página.

De repente, un golpe en la ventanilla de Danni los sobresaltó. Miraron y vieron a un hombre. Danni miró a Adam y esperó a que este asintiese antes de bajar el cristal.

–Por fin estáis aquí –gritó el hombre para hacerse oír por encima del viento–. Lleva el coche al lateral de la casa. Yo abriré la puerta del garaje.

Y, sin esperar su respuesta, desapareció.

Danni volvió a mirar a Adam con las cejas arqueadas. Este supo que debía de dar las gracias de que, por fin, hubiese dejado de mirarlo con horror. Asintió.

–Vamos.

–Debe de estar esperando a otras personas.

–Pues hemos llegado nosotros. Ve adonde te ha dicho. A no ser que se te ocurra algo mejor.

Ella utilizó la radio para informar a palacio de dónde estaban y luego llevó el coche al garaje.

Su anfitrión los estaba esperando. Se había quitado el abrigo, pero seguía pareciendo un oso. Era alto y ancho y necesitaba un buen corte de pelo. Sonrió cuando Danni y Adam bajaron del coche.

–Estaba empezando a preocuparme –les dijo–, pensé que no conseguiríais llegar esta noche.

–No somos las personas a las que está esperando –le advirtió Adam.

–No pasa nada, siempre y cuando sepáis cocinar.

Por el rabillo del ojo, Adam vio sonreír a Danni. No era normal que le pidiesen que cocinase nada más llegar a un hostal.

–Sé hacer un par de platos, pero tengo que admitir que no se me da bien la cocina. Nos dirigíamos a un chalé que está un poco más arriba –dijo Adam, sin decirle a cuál–, pero vimos su cartel. Hace tan mal tiempo ahí afuera.

–Ah –respondió el hombre decepcionado–. Entonces, ¿no eres Simon?

–Por desgracia, no.

–Bueno, pero estáis aquí y no podéis iros a ninguna parte. Solo siento que la comida no va a ser

86

muy buena. Por cierto, me llamo Blake y soy vuestro anfitrión accidental. Tenía que haberme presentado lo primero –les dijo, tocándose los bolsillos de manera ausente–. Solo estoy cuidando de este lugar unos días, así que todo es nuevo para mí y tengo que acordarme de demasiadas cosas. Se supone que todo tiene que estar siempre perfecto porque aquí vienen a veces huéspedes muy importantes, y retorcidos, pero ya veo que vosotros no sois así.

Por un instante, dejó de sonreír.

–¿Verdad que no? –añadió en tono esperanzado.

–En absoluto –le contestó Adam, agradecido por el cálido recibimiento de aquel hombre–. Yo soy Adam y, esta, Danni.

Lo dijo antes de que esta pudiese hablar. Si Blake no sabía quién era, tanto mejor.

–Entrad. Seguro que el viaje no ha sido agradable. Os serviré algo de beber. Eso no se me olvida nunca.

–Voy a por las maletas –dijo Danni.

–De eso nada, ya las llevo yo –la contradijo Blake, corriendo hacia el maletero–. Toma, lleva tú esta –le dijo a Adam, dándole la de Danni.

–¿Qué has querido decir con lo de que eras nuestro anfitrión accidental? –le preguntó este.

–No os podéis imaginar la mala suerte que me ha llevado a quedarme aquí solo –respondió él mientras atravesaba el garaje–. La casa pertenece a mi cuñada. Lleva años en su familia. Desde que mi hermano falleció, hace dos años, la ha convertido en un hostal y la lleva sola. Yo solo había venido a pasar unas vacaciones y a echarle una mano cuando Sabrina...

Llegó a la puerta y se giró.

–Supongo que no os interesa toda la historia. El caso es que ha habido personas que se han roto la pierna y que han tenido bebés en un mal momento, y otras que se han visto afectadas por el mal tiempo. El caso es que estoy aquí solo.

Los guió escaleras arriba.

–No tenemos ninguna reserva hasta dentro de un par de días. Estaba esperando al cocinero nuevo y a su mujer. El cocinero era amigo de mi hermano, pero sospecho que, si era amigo de Jake... Sí, Jake y Blake, ¿en qué estarían pensando nuestros padres?

Blake hizo una breve pausa, tenía la voz melodiosa, fácil de escuchar y Adam intentó centrarse en ella y no en el balanceo de las caderas de Danni mientras subía las escaleras delante de él.

Blake llegó a lo alto, apoyó la maleta de Adam en el suelo y se giró a esperarlos.

–En fin, que si es amigo de Jake, es probable que se haya parado en una taberna y se haya quedado allí. Y, en ese caso, no sé cuándo llegará, haga el tiempo que haga. El muy...

Blake se interrumpió y sonrió mientras Danni y Adam llegaban a su lado. Entonces, tomó la maleta de Danni, que llevaba Adam.

–Debería deciros que, una de las principales instrucciones que me dio Sabrina antes de marcharse fue que no hablase demasiado. Y que no jurase jamás delante de los huéspedes. Eso está escrito en rojo. Porque se suponía que yo no iba a tratar con el público. Iba a ser la esposa de Simon la que lo hiciese. Así que será mejor que vaya a preparar algo de beber. Y, no os preocupéis, esta noche habrá cena y estará caliente y rica, aunque no sea nada elegante.

Luego miró las maletas que tenía a los pies y al tramo de escaleras que faltaba.

–Yo las subiré a vuestra habitación en un momento.

–Habitaciones –pluralizó Adam–. Vamos a necesitar dos –añadió, antes de que Danni tuviese que hacerlo.

Aunque, por un momento, la idea de compartir habitación había despertado algo en su interior, algo que le hizo pensar en el beso que habían compartido.

–¿Dos? –repitió Blake con el ceño fruncido.

–No será problema, ¿verdad?

–No, pero como estaba esperando al cocinero y a su mujer, solo hay una preparada. No tardaré en arreglarlo. Lo haré mientras os tomáis un ponche caliente. Porque os tomaréis un vaso de ponche caliente, ¿no? –preguntó, mirándolos con preocupación–. Ya lo tengo preparado.

–Encantados, gracias –respondió Danni sonriendo.

Este los acompañó a un oscuro salón con techos altos y vigas de madera y una chimenea encendida.

–Poneos cerca del fuego. Volveré en menos que canta un gallo.

En cuanto Blake se hubo marchado, Danni miró a Adam.

–No me he disculpado por no haberte hecho caso acerca de volver a palacio. Por haber terminado aquí.

Si no lo hubiese hecho, él no la habría besado y no estarían metidos en aquel lío.

–No pasa nada. Gracias.

Adam sabía que lo había hecho por él, porque pensaba que tenía que tomarse algo de tiempo libre.

–No tenemos por qué quedarnos aquí si no te parece bien.

–¿Qué quieres decir?

Danni miró a su alrededor.

–Que está bien, pero no es a lo que tú estás acostumbrado, sobre todo, si no hay servicio. Puedo llevarte al chalé Marconi si quieres.

–Eso sí que me molesta. ¿Por quién me tomas, Danni? ¿Por qué dices que esto no es a lo que estoy acostumbrado? Sabes que he estado en el Ejército y que he estado alojado en sitios mucho peores que este.

–Lo sé, pero…

–Yo pensaba que tú eras una de las pocas personas que me veía más allá de mi título.

–Y lo hago.

–Pero piensas que preferiría volver a la carretera con este tiempo, e insultar a Blake, a cambio de estar en un sitio con servicio.

–Y de comer mejor –sugirió Danni.

–La comida me da igual.

Ella apartó la vista.

–Tienes razón. Sé que no eres así.

–¿No tendrás tú algún problema con Blake? –le preguntó Adam.

–¿Yo? No. Es genial –contestó ella sonriendo.

Pero su sonrisa no tardó en desaparecer.

–Deberíamos decirle quién eres.

–¿Por qué?

–Porque tiene derecho a saberlo.

–¿Qué más le da? Ya está suficientemente agobiado.

–Pero…

–No necesita saberlo.

–¿Es eso una orden? –le preguntó Danni arqueando una ceja.

–No te doy órdenes, Danni. Nunca lo he hecho. Y no solo porque sé que no vas a obedecerlas.

–Pues a veces, cuando me pides algo, tengo la sensación de que me lo ordenas.

Él se encogió de hombros. Era su manera de reconocer que tal vez tuviese razón.

Blake volvió con dos vasos de ponche caliente.

–Tomad, bebéoslo mientras preparo la otra habitación. Si es que estáis seguros de que no queréis compartir…

–Estamos seguros –dijeron ellos al unísono.

Lo vieron marchar de nuevo y Danni se echó a reír.

–Apuesto a que es la primera vez que alguien te da un vaso y te dice que te lo bebas.

—Tienes razón —Adam levantó el vaso hacia ella y luego miró a su alrededor. Vio que había un viejo ajedrez situado entre dos sillones—. ¿Quieres jugar?

—Casi no he vuelto a hacerlo desde la última vez que jugué contigo.

—Yo tampoco.

—¿No me estarás mintiendo? —le preguntó Danni, mirándolo con desconfianza.

—Bueno, tal vez una o dos veces. ¿Y tú?

Ella hizo una mueca.

—Una o dos veces.

Adam supo que podían pasar página. A Danni nunca le había gustado quedarse atascada en el pasado, prefería vivir el presente.

—Pues no sé si es el mejor momento de retomar el juego, porque me ganaste todas las partidas del último verano.

—No me acuerdo.

—Claro que te acuerdas. Eres demasiado competitivo como para no hacerlo, pero la última vez te tuve en jaque dos veces.

—Una. Y solo hasta que yo te hice jaque mate.

—Fue dos veces y casi te gané.

—Demuéstramelo —le dijo él.

Danni dudó.

—No tenemos nada más que hacer. Salvo que quieras que hablemos de lo que ha ocurrido hace un rato.

—Yo quiero las blancas —respondió ella.

Adam esperó a que sentase y observó las piezas talladas a mano.

–Es muy bonito –comentó ella, tomando un caballo y haciéndolo girar lentamente.

–Empieza –le pidió él.

–El problema es que me enseñaste a jugar tú. No es justo.

–Eso significa que tú también sabes cómo pienso y juego, pero pronto desarrollaste tus propias estrategias. Poco convencionales, pero, en ocasiones, eficaces.

Ella sacudió la cabeza.

–La diferencia ahora es que no voy a permitir que juegues conmigo.

–¿Que juegue contigo? –repitió él, fingiéndose indignado.

–Tenías cinco años más que yo y me manipulabas.

–Eras tú la que quería jugar.

–Siempre pensé que podría ganarte… algún día. Y justo dejamos de jugar cuando yo estaba empezando a hacerlo mejor, cuando me estaba acercando a tu nivel.

–Yo te dejaba que pensases que te estabas acercando a mi nivel. Como tú bien has dicho, tengo cinco años más que tú, era justo darte una oportunidad.

–De eso nada. Estaba cada vez más cerca de ganarte. De hecho, ese es probablemente el motivo por el que dejamos de jugar.

–Y, por supuesto, no tuvo nada que ver con que yo me tuviese que marchar al internado.

–Bueno, tal vez eso también influyó –admitió Danni sonriendo.

–La verdad es que nuestras partidas me ayudaron a pasar mejor aquel verano.

–Solo porque eres feliz cuando ganas, pero esta noche no va a ser así –lo retó.

–De acuerdo, Kasparov. Enséñame de qué eres capaz, aunque sigo pensando que esta noche vas a hacerme feliz.

No había pretendido hablar con doble sentido, pero la vio abrir mucho los ojos y luego apartar la mirada. Él también había pensado en las maneras en que Danni podría hacerlo feliz.

Se dijo que tenía que centrarse en la partida si no quería que lo ganase. Jugaron durante quince minutos concentrados, en silencio, hasta que Blake volvió.

–Me alegro de que estéis usando eso –comentó–. Perteneció a mi abuelo. Solo Jake jugaba de vez en cuando. ¿Quién va ganando?

Danni miró a Adam a los ojos y, luego, a Blake.

–Todavía no se sabe –le contestó.

–¿Queréis terminar la partida antes de que os enseñe las habitaciones?

Adam miró a Danni, que tenía la atención puesta en el tablero.

–Es probable que tardemos mucho en terminar.

Blake sacudió la cabeza.

–Es lo malo del ajedrez, que se tarda demasiado y ni siquiera se sabe quién va a ganar.

Danni movió ficha y luego se puso en pie y sonrió a su anfitrión. Blake les indicó que fuesen hacia la puerta.

–He tardado en encontrarlo todo, pero creo que lo he hecho bien. En cualquier caso, lo he hecho con mi lista. Os acompañaré arriba y, mientras, haré la cena. Espero que tengáis hambre.

–Podría comerme un caballo –comentó Adam vacilante.

Al parecer, era la respuesta adecuada, porque Blake le dio unas fuertes palmadas en la espalda.

–Eso es lo que quería oír –le dijo, subiendo las escaleras–. He puesto a Danni aquí.

Abrió la puerta de una habitación con una cama con dosel cubierta por una colcha blanca. Encima de la almohada había una chocolatina en forma de corazón envuelta en celofán rojo.

–Es la mejor habitación –añadió–. El baño está allí –continuó, señalando una puerta y luego andando hasta otra–. Esta es la puerta que comunica las habitaciones. Puede cerrarse con cerrojo. O no.

Era evidente que pensaba que había algo entre ellos. O que lo habría pronto. Adam tuvo que hacer un esfuerzo por no pensar en el tema él también. Había muchos motivos por los que no podían tener una relación. Uno era la edad. Otro, que estaba buscando una esposa. Una mujer que estuviese a su lado cuando tuviese que ocupar el lugar de su padre en el trono. Y la aventurera Danni jamás podría desempeñar aquel papel. Él sabía lo que necesitaba en una mujer, tenía su lista.

Así que no podía tener nada con Danni.

La habitación contigua era parecida a la otra, pero más pequeña. La cama era normal y la colcha estaba un poco arrugada. En la almohada también había una chocolatina.

Danni lo miró, transmitiéndole su incomodidad, que debía de deberse a que su habitación era mejor que la de él. La suya era bien distinta. Jamás había pensado que le resultaría tan desconcertante tener a Danni St. Claire tan cerca. Y sabía que esa noche daría muchas vueltas en la cama antes de dormirse, pensando en que ella estaba al otro lado de la puerta.

La vio separar los labios para protestar por el reparto de habitaciones, pero la silenció poniéndole una mano en el hombro.

–Son estupendas –le dijo a Blake–. Gracias.

–Sabía que os gustarían. Sabrina sabe hacer bien las cosas.

Su anfitrión siguió hablando sin parar, pero Adam solo podía sentir el delgado hombro de Danni debajo de su mano.

–Y las chocolatinas están deliciosas. Yo me he comido una mientras hacía la cama. No he podido evitarlo. Bueno, ¿cenamos?

–¿Podríamos esperar quince minutos, por favor? –preguntó Danni, apartándose del lado de Adam.

–Por supuesto. Supongo que queréis algo de intimidad. Y así yo iré a comprobar que todo está listo y caliente. Llamadme si necesitáis cualquier cosa. Si no, bajad cuando estéis preparados.

En cuando Blake se hubo marchado, Danni se giró hacia Adam.

–Vamos a cambiar las habitaciones –le dijo, intentando tomar su maleta.

–De eso nada –respondió él, bloqueándole el paso.

–Sí.

–No. Y esto sí que es una orden.

–Ja. Has dicho que, de todos modos, yo no cumpliría tus órdenes y tenías razón. Mi habitación es el doble de grande que la tuya. No podría dormir en ella. El príncipe eres tú.

–Estás aquí por mi culpa. Y yo solo necesito una cama para dormir –le respondió él.

De todos modos, se acostase en la que se acostase, no iba a dormir mucho, teniéndola tan cerca.

–Apuesto a que siempre has soñado con dormir en una cama con dosel –añadió.

Ella sonrió de medio lado.

–La verdad es que, cuando era niña, con lo que soñaba era con una cama con forma de coche de carreras.

–¿Y ahora? ¿Con qué sueñas?

Él contaba entre sus fantasías con la de verla reír.

Estaban cerca. Adam podía ver las motitas doradas en sus ojos. Podría ver sus dientes a través de los labios entreabiertos. Retrocedió.

–Lo siento. Ha sido una pregunta inadecuada.

Ella cerró la boca y luego se mordió el labio inferior.

Adam supo que debía darse la vuelta y marcharse, pero se quedó allí mirándola, deseándola. Y pudo ver que también había deseo en sus ojos.

Además de deseo, sintió esperanza. Esperanza de que ella sintiese lo mismo que él. Aunque, en el fondo, sabía que la atracción era recíproca.

Tenía que marcharse, pero solo podía pensar en besarla otra vez.

Apartó la vista de sus ojos, sus labios, su pelo, sus curvas, de todo lo que lo tentaba para poder pensar con claridad, pero entonces vio la cama y se imaginó a Danni allí. Con él.

Era una locura. Era solo… deseo.

Tal vez este no pudiese controlarlo, como no podía controlar sus pensamientos, pero sí podía controlar sus actos. Apartó la mano de su hombro y se giró.

Nunca le había costado tanto hacer algo.

Atravesó la habitación para poner distancia entre ambos.

–Tenemos que hablar de lo que nos está pasando. Estamos a solas por primera vez y no sé cómo ni por qué, pero las cosas están cambiando. No todo, por supuesto. Lo que no ha variado es que no podemos tener nada. No es que no quiera… sino que no estaría bien.

–¿Acaso piensas que no lo sé? Estás aquí encerrado, sin nada que hacer, sin la mujer con la que tendrías que estar, y te estás centrando en mí. Soy una cómoda sustituta.

–Sí –le dijo él, aunque sabía que no era verdad.

De eso nada. La atracción que sentía por ella no era nada cómoda. Danni era todo lo que le faltaba en la vida: espontaneidad, sinceridad, y aquella podía ser la oportunidad para tenerlas, pero sabía que no estaba bien. Era injusto para ella, que merecía mucho más.

–Vamos a cenar –añadió–. Y no vamos a cambiar de habitación. Mañana volveremos a casa y las cosas volverán a la normalidad.

Fue con paso decidido hacia la puerta que la alejaba todavía más de ella como si estuviese luchando contra la gravedad.

–¿Adam?

Supo que no debía responder, pero se volvió. Y la vio delante. La agarró por la cabeza y se inclinó hacia delante mientras ella se ponía de puntillas y lo besaba. Fue un beso lleno de contradicciones. Un beso retador, atrevido. La presión de sus labios y de su cuerpo contra el de él lo encendieron por dentro.

Aquel beso terminó con su determinación, lo debilitó.

Entonces, lo rompió y se alejó.

Apoyado contra la pared, se sintió aliviado y atormentado al mismo tiempo.

Capítulo Siete

Danni se despertó al oír que llamaban suavemente a la puerta. No tenía ni idea de qué hora era, así que se dio la media vuelta y no hizo ni caso. Volvieron a llamar, más fuerte.

–Estoy bien. No necesito nada.

Bueno, tal vez un vaso de agua, pero podía ir a buscarlo sola.

Blake había llamado también la noche anterior, justo cuando iba a meterse en la cama, porque se le había olvidado comprobar que había de todo en el cuarto de baño.

–¿Danni?

Ella dejó de respirar y se puso tensa al oír la voz de Adam.

–¿Danni? Voy a entrar.

Esta frunció el ceño y se tapó todavía más con las sábanas.

–¿Qué quieres? –le preguntó.

Sabía que no iba a poder estar todo el día sin verlo, pero no quería empezar tan pronto.

Él abrió la puerta lo suficiente como para asomarse, pero no se atrevió a entrar.

–Vamos a ir a esquiar. ¿Has traído ropa?

–Sí. Siempre estoy preparada para todo y no pretendía quedarme de brazos cruzados mientras tú esquiabas, pero pensé que íbamos a volver a palacio.

Adam abrió la puerta un poco más.

–Primero vamos a esquiar. Esta noche ha nevado mucho y, aunque ya ha parado, la carretera no estará limpia hasta dentro de unas horas.

Estaba afeitado, con el pelo moreno todavía un poco húmedo.

–Blake me ha dicho que hay una pequeña pista de esquí a cinco minutos andando. He pensado que podíamos ir. Cualquier cosa mejor que quedarse… encerrados aquí. El desayuno estará listo en quince minutos. ¿Te dará tiempo?

Bajó la vista a la cama deshecha. Deshecha porque Danni se había pasado casi toda la noche dando vueltas.

–Por supuesto que sí.

Adam estaba mucho más cariñoso que la noche anterior, casi volvía a ser el de antes. Era como si quisiese olvidarse de lo ocurrido y fingir que no había tenido lugar. Danni se sintió aliviada. No podía olvidar lo que había hecho, pero tal vez pudiesen volver a estar cómodos juntos. Solo tenía que demostrarle que podía ser normal. Y si eso significaba que tenía que pasarse la mañana esquiando con él, lo haría. Sería la distracción perfecta y una alternativa mucho mejor a quedarse allí encerrada, dándole vueltas a la cabeza.

***

Lo único que se oía era el crujido de la nieve bajo sus botas. Danni se centró en el rastro de las pocas personas que ya habían pasado por allí esa mañana.

El chalé tenía una motonieve, pero solo había estado escuchando a medias mientras Blake le explicaba por qué no estaba disponible esa mañana. No obstante, sí le había oído decir que el paseo hasta la pista era corto.

–Es precioso –comentó.

La belleza, la serenidad, la ayudaron a darse cuenta de que su confusión era solo suya. Y solo confusión. No era importante. O, al menos, algún día dejaría de serlo.

–Sí –admitió Adam, que iba a su lado.

El desayuno había ido mejor que la cena de la noche anterior. Ambos fingían que no se habían besado nunca e intentaban actuar con naturalidad. Por el momento no les estaba yendo mal.

–Apuesto a que no estás acostumbrado a tener que subir a pie y cargado con el equipo –comentó.

Intentó hacerlo en tono de broma, pero no pudo porque sabía que, si le hubiese hecho caso el día anterior, nada de aquello habría ocurrido.

–No, la verdad es que no –le contestó él–, pero supongo que tú tampoco.

–Tienes razón. Yo tampoco. ¿Por qué no nos saltamos esa señal que hay ahí delante y atajamos? Algunas pisadas giran ya aquí.

Siguió la dirección de las pisadas que se salían del camino marcado sin esperar a que Adam le diese su aprobación. Porque sabía que no se la daría. Él siempre cumplía las normas.

–¿Por qué tienes tan mala opinión de mí? –le preguntó él a su espalda.

Danni se giró a mirarlo, pero como llevaba gorro y gafas de sol, no pudo saber si le había hecho la pregunta en serio.

–No la tengo.

–Sí. Piensas que soy blando, caprichoso y arrogante. Además de aburrido y estirado.

–Nunca he dicho ninguna de esas cosas. Sobre todo, que eres blando –le contestó, intentando recordar lo que podía haber dicho de él.

Adam se echó a reír.

–Pero es lo que piensas.

Su risa alivió y tranquilizó a Danni.

–Eres un príncipe, Adam. Siempre has tenido una vida llena de privilegios. Además de haber pasado varios años en el Ejército.

–Tú creciste cerca de palacio. También tuviste muchos de esos privilegios y tengo que añadir que ninguna de las responsabilidades.

Danni no respondió. No estaba del todo de acuerdo, pero tampoco en desacuerdo.

–Te viene bien, ¿no?

–¿El qué?

–Prefieres no verme como a un hombre normal. No siempre ha sido así, pero soy normal y por eso tengo que mantener las distancias.

Ella rio, pero fue una risa un poco forzada.

–No eres normal. Nada en ti lo es. No sabrías lo

que es la normalidad ni aunque te... –se interrumpió antes de decir algo inapropiado.

–Lo ves –comentó Adam–. Ni siquiera hablas igual cuando estás conmigo. Y antes no eras así. Sé que es culpa mía y necesito arreglarlo, pero no sé cómo.

Si Danni había cambiado era porque en esos momentos lo veía como un hombre normal. Un hombre con necesidades que ella podía saciar. Se desvió todavía más del camino para intentar poner todavía más distancia entre ambos.

–Termina la frase, Danni.

–Ni aunque te mordiese en tu estupendo y real trasero.

Él sonrió.

–Gracias. Por tu sinceridad y por decir que tengo un trasero estupendo.

Era cierto que los pantalones que llevaba puestos le sentaban muy bien, pero Danni no iba a admitirlo.

–También puedes ser como un real grano en el trasero.

Él sonrió.

–Gracias de nuevo.

Danni rio.

–También eras así cuando Rafe te provocaba. Imperturbable, insondable. Era exasperante. Me acuerdo de la vez que saltamos desde el tejado de la caseta del encargado para ver cómo reaccionabas y tú casi ni parpadeaste.

–Sacaba de quicio a Rafe.

–Lo comprendo.

–Siempre fue así.

–¿Qué quieres decir?

–Nada. Que erais como un equipo de niños.

–Unidos para atormentarte.

Adam asintió.

–Te hacíamos un favor.

–Pues creo que no te he dado nunca las gracias.

–No hace falta que seas sarcástico –comentó Danni, conteniendo una sonrisa–. Queríamos que tuvieses los pies en el suelo. Queríamos que dejases de pensar solo en todas esas tonterías que insistías en meterte en la cabeza.

–¿Te refieres…?

–Bueno, ahora tal vez ya no me parezcan tonterías.

–¿Te refieres a mis estudios? ¿A los idiomas?

Danni asintió.

–Como el latín.

–Si me pediste que te enseñase.

–Era joven y fácilmente impresionable.

–Tal vez sea una lengua muerta, pero vive en otras lenguas y es la base de…

La vio sonreír y sonrió el también antes de apartar la vista y sacudir la cabeza.

–Ves, no puedes evitar…

Danni dio un grito al notar que se hundía de repente hasta los muslos. Tiró los esquíes y las botas e intentó salir. Adam se detuvo para ver cómo luchaba por mantenerse en pie. Por fin, ella le tendió una mano.

Él se arrodilló a su lado con cuidado y miró su mano.

–Ah, así que ahora te soy de ayuda. Ya no soy tan aburrido. Ni tan inútil, ¿no? –bromeó.

–Eso espero, pero para lo que te necesito ahora no necesitas saber latín.

–*Adsisto* –dijo él, tomando su mano.

–*Gratia* –respondió ella agarrándolo.

Adam tiró de ella y retrocedió dos pasos. En un segundo, la tenía pegada contra su cuerpo, sujetándola. Y todas las sensaciones, todos los recuerdos, volvieron. El tiempo se detuvo. Adam parpadeó lentamente y luego retrocedió. Se apartó de ella.

–¿Esquías mucho? –le preguntó unos minutos después, cuando llegaban a la pista–. Tenía que habértelo preguntado antes. Lo he dado por hecho.

–Y has acertado –respondió ella, que ya había recuperado la respiración normal–. Siempre que tengo la oportunidad. Me encanta esquiar. La libertad, la velocidad, la emoción.

Había deseado su beso, casi había sido capaz de saborearlo. Era evidente que la noche anterior no había aprendido nada.

–Supongo que por eso me lo imaginaba.

–A ti también te gusta –le recordó ella.

–Sí.

–Pensé que no teníamos nada en común. Somos tan distintos. O, al menos, tú finges serlo.

–No finjo que no me gustas. Admito libremente quién soy. Eres tú quien lo niega. Te pareces a mí más de lo que quieres admitir.

–No me parezco en nada a ti. Tú perteneces a la realeza, tienes muchos estudios, hablas varios idiomas y, asúmelo, eres un poco friki.

–¿Friki? ¿Porque me gusta, por ejemplo, el ajedrez?

–Sí –respondió ella despacio, dándose cuenta inmediatamente de adónde quería ir Adam a parar–, pero yo solo aprendí porque no podíamos hacer otra cosas. Tú con tu pierna y yo con mi varicela.

–Tus excusas no me valen, Danni. Admítelo, te divierte jugar al ajedrez.

–Sí, pero eso no quiere decir nada.

–*El señor de los anillos.*

Él le había regalado los libros y había insistido en que los leyese antes de que saliese la primera película. Él los había releído al mismo tiempo y habían tenido largas discusiones al respecto.

–Admítelo, Danni, en realidad, tú también eres una friki. Y, aunque no sea de frikis, también tenemos en común que nos gusta esquiar.

Ella fijó la vista en el edificio que tenía delante y el telesilla que ascendía por la montaña.

–Sí, pero…

–Y no te olvides de los coches. Tal vez no te guste quién soy y lo que hago, pero eso no significa que no te guste yo, que no tengamos cosas en común.

–Yo nunca he dicho que no me guste quién eres y lo que haces.

–¿No?

Llegaron al final de las colas de gente que esperaba para comprar tiques o subir en el telesilla.

–No, te admiro y admiro lo que haces. De siempre. No habría nadie mejor para el puesto.

–No estoy seguro de que eso sea un cumplido.

–Lo es –le aseguró Danni en voz baja.

Adam se detuvo un instante, pero Danni no pudo descifrar su mirada porque llevaba las gafas de sol puestas. Lo vio abrir la boca para decir algo, pero entonces se oyó un grito. Danni vio a una niña de cinco o seis años con cara de pánico. Se arrodilló delante de ella.

–¿Qué te pasa? ¿Te has perdido?

La niña asintió.

–No veo a mi papá –le contestó la pequeña con voz temblorosa.

–No pasa nada –le dijo ella alegremente–, porque yo sé cómo encontrarlo.

Le dio sus esquíes a Adam.

–Vamos al puesto de información –sugirió este.

Danni se giró hacia la niña.

–Dame la mano y vamos a esa caseta. Allí es adonde acuden los padres perdidos.

La niña le dio la mano.

–¿Cómo te llamas? –le preguntó Danni.

–Georgia.

–Pues vamos, Georgia. Vamos a encontrar a tu papá, que seguro que está muy preocupado.

Los tres se dirigieron hacia el puesto de información, allí había un hombre alto que gesticulaba exageradamente.

–¿Es ese tu papá? –le preguntó Danni a la niña.

Georgia vio a su padre.

–Papá –dijo, echándose a llorar.

El hombre la vio y corrió a darle un abrazo.

–¿Estás bien, cariño?

Georgia asintió y empezó a tranquilizarse.

–Esta señora tan guapa sabía cómo encontrar a los padres perdidos.

El hombre abrazó también a Danni.

–Gracias, gracias. Me he girado un momento y, cuando he mirado, ya no estaba la niña.

–No ha pasado nada –respondió Danni–. Es una niña preciosa. Disfrutad de la nieve.

Y dejó a padre e hija abrazándose.

Cuando se giró, tenía a Adam justo detrás.

–Lo has hecho muy bien –le dijo este con admiración.

–Gracias.

–Señora guapa.

–Ya vale de sarcasmos.

–No creo que Georgia haya querido ser sarcástica.

–No me refería a ella.

–Ni yo tampoco.

Danni deseó creerlo.

–Ya veremos si sigues pensando igual cuando llegue la primera al pie de la montaña.

Él inclinó la cabeza.

–No pasa nada por aceptar un cumplido, Danni.

Ella no estaba de acuerdo. Ni siquiera debían estar teniendo aquella conversación.

–¿Tienes miedo a perder? ¿Por eso estás siendo tan agradable? ¿Para que tenga piedad de ti?

Adam suspiró.

–Vamos. Enséñame lo bien que esquías.

Era casi de noche cuando volvieron al chalé de Blake. La idea había sido volver al mediodía, pero se habían puesto a esquiar y se habían olvidado de todo.

–Volveremos a casa mañana por la mañana –dijo Adam antes de entrar en el chalé.

Ella no lo cuestionó. Nadie lo hacía. En el fondo, su parte más débil se alegraba de poder seguir pasando tiempo con él.

Entraron en el chalé y pusieron a secar el material y la ropa. Al quitarse las capas externas, fue como si Adam se pusiese una capa invisible de cautela, cosa que no había hecho en todo el día.

Fueron en silencio hasta el salón.

Blake los recibió con su habitual y prolijo buen humor e insistió en que tomasen un ponche caliente que les había preparado delante del fuego después de haberse, y lo dijo utilizando los dedos como comillas, refrescado.

Así que Danni se duchó y pensó en Adam. Pensó en lo mucho que había disfrutado con él durante todo el día. Habían subido juntos en el telesilla, unas veces en silencio, disfrutando de la paz de la nieve. Otras, charlando. De ambas maneras se había sentido cómoda, feliz.

Estaba loca. Y no sabía cómo ponerle freno a aquello.

Había tenido relaciones anteriormente, pero el sentimiento siempre había sido mutuo. Y claro. Superficial y sencillo. Nada parecido a aquello.

Era mucho más difícil lidiar con aquel anhelo unidireccional. Sabía que Adam hacía lo que pensaba que era mejor para ella, pero no tenía ni idea. Sus definiciones de lo que era lo mejor eran opuestas.

Adam estaba pasando justo por delante de su puerta cuando salió de la habitación, ataviada con un vestido y zapatos de tacón.

Él, como siempre, parecía tranquilo. Se había puesto un jersey negro de cachemir. Le tendió el brazo para que lo agarrase como si fuese la cosa más natural del mundo.

Tal vez para él lo fuera. Sin duda, habría hecho lo mismo con otras mujeres cientos de veces, pero a Danni, solo el hecho de apoyar la mano en su brazo la llenaba de nuevas sensaciones. Le aceleraba el pulso. Aquello no tenía sentido. Habían pasado todo el día juntos. Y Danni creía haber pasado página a lo ocurrido el día anterior.

Pero en la nieve habían estado cubiertos por capas y capas de ropa. Y, de repente, se dio cuenta de que no lo había tocado así desde que eran niños, cuando tocarse solo había significado que eran amigos.

Apoyó la palma de la mano en la suavidad de su jersey y sintió la fuerza y el calor que había debajo. Eso le hizo pensar cosas malas, muy malas. Deseó acercarse más, aspirar su olor, olor a hombre recién duchado. Y deseó que la besase y la acariciase. Quiso saber mucho más de él.

Lo que necesitaba, por otra parte, era apartarse lo máximo posible de su lado para que su cerebro pudiese volver a funcionar, para que pudiese recordar quién era. Y quién era él, que estaba buscando una esposa que cumpliese con sus condiciones. No una aventura con su conductora.

Pero una vocecilla le susurró que eso no estaría tan mal.

Adam redujo el paso y ella levantó la vista. La estaba mirando.

—¿Qué pasa? ¿Me ha quedado pasta de dientes en los labios?

Danni se pasó la lengua por ellos para comprobarlo. Adam negó con la cabeza y apartó la vista.

—Estás... —se aclaró la garganta—... guapa. Eso es todo.

—¿Guapa?

—Un cumplido pobre, lo sé, pero creo que no hay palabra capaz de describirte. Y con ese vestido... —dijo, recorriéndola con la mirada—. Tus piernas... casi ni sabía que las tuvieras.

Danni se echó a reír. Había metido en la maleta aquel sencillo vestido negro porque no se arrugaba y le hacía sentirse femenina, lo mismo que el brillo de apreciación que había en los ojos de Adam.

—¿Se supone que eso es otro cumplido? —preguntó, intentando quitar tensión al momento.

Él rio solo entre dientes, pero a Danni le gustó oírlo reír.

Viniendo de él, aquellos cumplidos sonaban sinceros. Y hacerle reír siempre era un triunfo.

Todavía seguía riendo con los ojos cuando volvió a mirarla a los suyos.

Danni sabía cómo la veía. Como a una niña. Casi como a una hermana. Por eso le había parecido sincero que le dijese que estaba guapa. Apartó la mano de su brazo con la excusa de alisarse el vestido y no volvió a ponerla allí. Guapa. Eso le hizo darse cuenta de que quería mucho más de él.

Blake se encontró con ellos al final de las escaleras e insistió en que se sentasen delante del fuego mientras les traía el ponche. Adam inclinó la cabeza hacia el ajedrez y ella asintió.

Ya estaban sentados delante del tablero cuando le dijo:

—Tengo que disculparme y que darte las gracias.

—Vaya. Eso sí que es una novedad, viniendo de ti. Estoy un poco sorprendida.

—Hablo en serio, Danni.

—Y yo.

Él sacudió la cabeza, pero sonrió al mismo tiempo.

—Espera a oír lo que voy a decirte, que tenías razón.

Ella se llevó una mano al pecho y dio un grito ahogado. Era como se suponía que debía comportarse, como una amiga, no como una mujer que ardía de deseo por él.

Adam sonrió todavía más y luego se puso serio.

—Hacía que no pasaba un día así... no sé desde

cuándo. Esquiando, me he olvidado casi de todo. Me he olvidado de las crisis diplomáticas, de las preocupaciones de seguridad, de mis compromisos y discursos. Me he olvidado de buscar... de pensar en el futuro. Y todo gracias a ti. Tomaste la decisión acertada al no volver a palacio.

—Gracias.

—Nadie más se habría dado cuenta ni lo habría hecho.

—Porque les das demasiado miedo.

—¿Miedo? —repitió él con el ceño fruncido—. No creo.

—Quiero decir que les intimidas. Aunque no entiendo por qué —dijo ella.

—Bueno, eso no está tan mal —comentó Adam sonriendo débilmente.

—Pero no es bueno para ti. Pierdes el contacto con la realidad. Y te vas a convertir en un creído.

Era lo mismo que le había dicho cuando, de joven, se comportaba con ella con superioridad.

Adam se echó a reír. No en voz alta. Por dentro. Y Danni se dio cuenta y sonrió.

—Menos mal que te tengo a ti, que haces que siga siendo humilde. Muchas gracias por el día de hoy, me hacía falta.

Ella pensó que le hacía falta un día como aquel, relajarse, pero que no la necesitaba a ella. Se mordió el labio. No tenía que querer que la necesitase, pero no podía evitarlo.

—¿Y tú?

—¿Yo?

114

–¿Te has divertido?

–Sí.

Demasiado.

–Te veo pensativa.

–Estoy bien. Cansada, pero bien. Y hambrienta.

Hambrienta, y no solo de comida.

No había podido evitarlo, volver a pensar así.

–Entonces, ¿jugamos?

–Claro, estoy deseando fustigarte el…

–¿El qué?

–El real trasero.

–Inténtalo.

Acababan de empezar a jugar cuando Blake volvió con los ponches.

–La cena estará lista en media hora. Y me alegra poder informaros de que el cocinero ha llegado. Y sea lo que sea lo que está cocinando, huele bien.

Se pusieron a jugar delante de la chimenea. La partida hizo que Danni tuviese otra cosa en la que pensar que no fuese Adam, pero no pudo evitar fijarse en cómo se movían sus manos y desear que la acariciasen. O que, en vez de estar completamente concentrado en el tablero, la mirase a ella.

Estaba contemplando la curva de su oreja cuando él levantó la vista y la sorprendió observándolo.

–Te toca mover –le dijo muy despacio, con la vista clavada en sus ojos.

Ella deseó poder levantarse y trazar la curva de aquella oreja con su dedo, pasar las manos por su pelo y por sus hombros y, sin duda, besarlo en los labios.

Ambos estaban inclinados sobre el tablero. La expresión de Adam era indescifrable y ella estaba ahogándose en la profundidad de sus ojos.

Danni notó cómo el deseo crecía en su interior. Y lo vio también en los ojos de Adam. Intentó apartar la mirada, pero no lo consiguió. No supo cuál de los dos había sido el primero en acercarse, pero ya solo importaba que se estaban besando. Cerró los ojos y saboreó el momento. Los labios de Adam, firmes y suaves, sabían a canela y estaban calientes. Danni se entregó al beso. Notó en la cabeza la mano de Adam, que enterró los dedos en su pelo.

Capítulo Ocho

–La cena está lista.

Se separaron al oír la voz de Blake.

–Oh, lo siento… No pretendía interrumpir.

–No has interrumpido –le dijo Adam.

–Pues yo creo que sí. La cena puede esperar, si lo preferís.

–No –respondió Adam en tono seco. Luego tomó aire–. Vamos a cenar.

–Por aquí. Si estáis seguros –dijo Blake, mirando primero a Adam y luego a Danni.

–Estamos seguros –contestó Adam.

Blake los guió hasta el comedor, donde estarían los dos solos, cenando bajo la luz de las velas y escuchando música. Danni, que normalmente tenía el problema de que hablaba demasiado, no supo qué decir.

Empezaron con los aperitivos, aunque ninguno de los dos comió mucho. Por fin, Adam dejó el tenedor.

–Lo siento.

–No. Soy yo la que lo siento –le dijo ella.

–No tenía que haberte besado, ni ahora ni ayer, pero parece que no puedo evitarlo. En cualquier caso, no volverá a ocurrir.

Ella debió guardar silencio, pero en su lugar preguntó:

–¿Por qué no?

Él abrió mucho los ojos.

–Porque no quiero estropear ni perder lo que tenemos y no quiero aprovecharme de ti.

–No tenemos nada que estropear ni que perder –le contestó ella, dejando el tenedor en el plato.

–Por supuesto que sí. Confío en ti, te valoro y me gustas.

Aquello de que le gustaba era como lo de que estaba guapa.

–Y no quiero hacer nada que pueda cambiar eso –añadió Adam.

–Llegas tarde. Ya ha cambiado.

–¿Por qué no volvemos a hacer que sea como antes?

–Porque no podemos. Y porque yo no quiero. No has sido tú quien me ha besado, yo te he besado a ti, así que no tienes derecho a disculparte. Desde que nos besamos ayer…

–No teníamos que haberlo hecho.

–Desde antes de que nos besásemos, si te soy sincera –continuó ella–. He pensado en ti de una manera diferente.

–Podemos seguir como antes.

–No quiero.

Adam la miró sorprendido.

–Quiero avanzar.

–¿Avanzar?

–Quiero ver adónde van estos sentimientos nuevos. Quiero que me beses y que me acaricies. Y quiero poder besarte y acariciarte. Y todavía quiero más.

Esperó con el corazón acelerado. ¿Por qué no era capaz de mantener la boca cerrada?

—No podemos, Danni —le dijo él.

Ella había sabido desde el principio que aquella sería la respuesta. Si hubiese sido capaz de mantener la boca cerrada, al menos habría podido conservar su dignidad.

—Lo siento.

El sudor le corría por el rostro. Tomó el tenedor y pinchó un champiñón.

—No es que no quiera.

Danni levantó la vista. Adam parecía atormentado.

—Al menos, sé sincero. No hay nada peor que poner excusas. Con que me digas que no te sientes atraído por mí será suficiente.

—Me siento más atraído por ti de lo que puedo soportar. Hemos estado esquiando todo el día porque quería pasar más tiempo contigo. Solo estar contigo. ¿Tienes idea de lo extraordinario que es eso? Normalmente, era feliz solo. O eso pensaba, pero he descubierto que no es verdad. Soy más feliz contigo. No puedo dejar de pensar en ti, pero...

—No voy a hacer nada al respecto.

—¿Por qué no?

—Porque se supone que tengo que buscar una mujer con la que casarme. Una mujer que pueda estar a mi lado cuando ocupe el lugar de mi padre en el trono.

–¿Y yo no soy esa mujer?

Danni sabía que era todo lo contrario. Siempre lo había sabido, pero le dolía.

–¿Quieres serlo?

Estuvo a punto de responderle que sí, pero lo pensó mejor y se echó a reír.

–No, no se me ocurre nada peor.

–Ese es el motivo por el que no voy a hacer nada al respecto.

–Porque no tenemos futuro.

Adam asintió.

–¿Y presente?

–No estaría bien. No sería justo para ti.

–¿Quién eres tú para decidir lo que es justo para mí?

–No quiero tener esta conversación contigo.

–¿Ves estos aperitivos que nos estamos comiendo?

–Sí.

–No es la cena. No es el plato principal. Yo sé que nunca te llenaría, pero estaría bien. Así que el hecho de que estés buscando a alguien con quien salir en serio no quiere decir que no podamos… –Danni se interrumpió y se encogió de hombros. Respiró hondo–. Quiero hacer el amor contigo.

Él negó con la cabeza.

–No podemos. No estaría bien.

Era la primera vez que Danni le decía algo así a un hombre, y ese hombre acababa de rechazarla.

Y, aun así, todavía lo deseaba.

**

Una vez en su habitación, Danni se puso el pijama y se sentó en la enorme cama. El dosel le daba igual, solo podía pensar en Adam.

Escuchó atenta los sonidos casi inaudibles procedentes de la habitación de al lado. Oyó cómo se abría y se cerraba la puerta del baño, oyó correr el agua.

Adam se sentía atraído por ella. Se lo había dicho, muy a su pesar.

Pero no iba a hacer nada el respecto porque no estaría bien y no sería justo para ella. ¿Acaso era justo quedarse con la duda de lo que habría podido pasar? ¿Era justo que estuviese allí sola? Esas injusticias a Adam le daban igual.

Pero ¿podía ella hacer algo?

Vio un hilo de luz por debajo de la puerta de al lado. ¿Estaría Adam pensando en ella o habría conseguido sacarla de su mente? Eso se le daba bien. Tratar un problema y luego pasar al siguiente, sin permitir que nada se complicase. Podía estar leyendo o trabajando, tan tranquilo.

Pero le había dicho que se sentía atraído por ella. Más de lo que podía soportar. Y Adam no era de los que decían esas cosas a la ligera.

Danni se acercó a la puerta y apoyó la oreja en ella, pero no oyó nada. Apoyó los dedos en la dura superficie.

Adam había admitido que ir en contra de sus deseos había sido una buena decisión. Podía… seducirlo. Contuvo una carcajada que habría sido casi histérica.

Se preparó y puso la mano en el pomo de la puerta. Solo podía oír los latidos de su propio corazón.

Había muy pocas cosas que le diesen miedo, pero aquella... la aterraba. Muy despacio, giró el pomo, conteniendo la respiración al pensar que la puerta podía estar cerrada con cerrojo, y exhaló al ver que se abría.

Adam estaba sentado delante del pequeño escritorio. Dándole la espalda, con el ordenador abierto, pero la cabeza entre las manos. ¿Intentando trabajar? O no.

Danni se acercó a él, que permaneció inmóvil.

Se puso a su lado y vio que en el ordenador estaba el salvapantallas.

Adam se irguió y se quedó inmóvil, como si estuviese escuchando. Danni solo tenía que tocarlo, pero el corazón le latía con tanta fuerza que casi no podía ni moverse.

–No.

Le dijo él sin más. Luego suspiró, apoyó los dedos en el teclado del ordenador y se puso a escribir. Un documento lleno de gráficos y cuadros apareció en la pantalla.

Aquel «no» era un mensaje para ella. ¿Qué estaba haciendo? No era una mujer seductora. ¡E iba en pijama! Ni siquiera tenía nada parecido a un salto de cama entre sus pertenencias. Adam ya la había rechazado. ¿Acaso quería que lo hiciese otra vez? Sintió pánico. Retrocedió un paso, luego otro. Y cuando estaba en medio de la habitación, se dio la vuelta. Tenía la mano en el borde de la puerta cuando Adam la agarró por el hombro derecho.

–¿Qué estás haciendo?

–Nada –respondió Danni sin girarse a mirarlo. No podía. Solo quería echarse a correr.

Adam se acercó más. Danni lo sintió justo detrás de ella, rodeándola sin tocarla, solo con una mano en su hombro.

–¿Qué haces aquí? –insistió él.

¿Por qué se lo preguntaba, si ya lo sabía?

–Iba a robarte –le contestó, por no confesar que pretendía seducirlo.

–¿Y qué querías llevarte?

–Tu inocencia –respondió ella en un susurro.

Adam la agarró con más fuerza e hizo que se apoyase en su pecho. Ella lo oyó reír y notó cómo se movía su pecho.

Pero la risa no duro mucho.

–Hace tiempo que no la tengo, Danni –le dijo él en tono serio–. Solo me acuerdo de que la tenía cuando estoy contigo.

Ella esperó y luego dijo:

–Tal vez debamos olvidarnos de que he entrado aquí.

–No va a ser tan fácil.

–Contigo nada lo es.

–¿Por qué? –le preguntó Adam, poniendo la otra mano en su hombro izquierdo.

–Porque no permites que nada sea fácil. Siempre analizas la vida como si fuese una partida de ajedrez.

Se oyó un estruendo en el piso de abajo y la voz apagada de Blake.

Adam bajó las manos por sus brazos.

–Quiero decir que por qué querías intentar seducirme.

–¿Cuántas razones puede haber?

–Más de las que imaginas –le dijo él en voz baja.

–Pues, al parecer, no tengo muy buena imaginación porque solo se me ocurre una.

–Danni. Márchate mientras puedas.

Adam se movió. Se acercó todavía más a ella. Siguió bajando las manos por sus brazos y tomó las suyas, contradiciendo sus palabras.

Ella cerró los ojos y se apoyó en él, abrumada. Su cercanía, su calor y su olor la envolvían.

Adam volvió a moverse y luego le dio un beso en el cuello. El deseo aumentó en Danni, le robó fuerza de las piernas y tuvo que sujetarse en él. Dejó caer la cabeza a un lado para que él siguiese besándola porque le necesitaba.

Tal vez aquel momento de debilidad fuese lo único que podría conseguir de él. Notó que llevaba las manos a su cintura y que las metía por debajo de la camiseta.

Danni contuvo la respiración, se quedó inmóvil.

No quería que parase.

Se inclinó todavía más hacia atrás, intentando amoldarse a su cuerpo para que no la dejase marchar, para que no intentase apartarla. Y notó la prueba de su deseo, lo oyó en su respiración entrecortada.

–Danni.

Oyó demasiadas cosas en su voz: arrepentimiento y culpa y disculpa. Notó cómo empezaba a apartar las manos. Iba a hacer caso omiso del deseo y a cumplir con su deber. Ella lo agarró por las muñecas y se las llevó hacia arriba. Quería tener aquellas manos en sus pechos. Él gimió y le acarició los pezones endurecidos.

Danni gimió también, de placer.

Adam bajó las manos y Danni iba a protestar cuando le hizo dar la vuelta.

Y la besó.

Como era debido. Por fin. Aquel era el beso que ella había estado esperando toda su vida. Un beso lleno de deseo, que había imaginado y con el que había soñado muchas veces.

Y era tal y como lo había imaginado y soñado, y todavía mejor, mucho mejor.

Y, en esos momentos, por fin podía acariciarlo ella también. Llevó las manos a su rostro y le tocó los pómulos, la mandíbula, notó la aspereza de su barba en las palmas. Metió los dedos en su pelo, y quiso todavía más. Mientras se besaban, encontró los botones de su camisa y se los desabrochó hasta dejar al descubierto su torso desnudo.

Quería disfrutar acariciándolo lentamente y, al mismo tiempo, deseaba devorarlo. Había esperado tanto tiempo a que aquello ocurriese y sabía que podía terminar. Era un momento mágico que podía acabar en cualquier momento, como un espejismo en el desierto.

Tal y como se había temido, Adam levantó las manos para tomar su rostro y se apartó, rompiendo el beso y la belleza del momento.

La estudió con la mirada y ella intentó leerle el pensamiento. Vio angustia en sus ojos, pero también deseo.

—No está bien —susurró él.

—Está muy, muy bien —lo contradijo ella, también en un susurro.

Y entonces Adam volvió a besarla.

Su intento de controlarse había fracasado y a Danni le entraron ganas de gritar triunfante.

La tomó en brazos y la llevó hasta la cama. Allí la dejó en el suelo y la agarró por los brazos. Su mirada seguía atribulada.

—No luches contra ello, Adam, pero, por favor, dime que tienes preservativos.

Él sonrió y cerró los ojos.

—Está bien, me rindo.

Danni se sintió aliviada. Adam entró y salió del cuarto de baño en cuestión de segundos, luego le quitó la camiseta por la cabeza y le bajó los pantalones. Ella lo ayudó también a desnudarse y luego se arrodillaron, frente a frente, en la cama. Danni lo ayudó a ponerse el preservativo y se sentó a horcajadas encima de él para poder tocarle el rostro, pasar la mano por su nariz, su barbilla, sus labios. Llevaba tanto tiempo deseando tocarlo, lo había hecho tantas veces en su imaginación. Y la realidad era todo lo que había soñado y más.

—¿Sabes cuánto te deseo? —le dijo él.

Ella se mordió el labio inferior y puso las manos detrás de su cabeza.

—Creo que sí.

Lo mismo que ella a él.

Adam llevó las manos a sus pechos y le acarició los pezones, haciendo que se estremeciese. Danni arqueó la espalda y él sustituyó las manos por la boca, besando primero un pecho y después el otro, dándole placer con los labios, los dientes y la lengua mientras la apretaba contra él, agarrándola por el trasero.

De repente, Adam se movió bruscamente y se puso encima de ella.

—Eres tan perfecta —comentó, sacudiendo la cabeza mientras se colocaba entre sus piernas.

Ella lo abrazó con las piernas por la cintura.

—Ya hemos hablado suficiente —le dijo, levantando las caderas.

Adam la miró a los ojos mientras la penetraba lentamente. Empezaron a moverse al mismo ritmo y ambos sintieron un placer casi insoportable. Danni no pudo evitar que se le escapase algún grito mientras el ritmo se iba acelerando hasta que no pudo contenerse más y se dejó llevar por el orgasmo. Adam no tardó en caer sobre su cuerpo y decir su nombre.

Se quedaron tumbados, respirando con dificultad, frente con frente. Cuando sus respiraciones se calmaron, Adam se quitó de encima de ella, pero no dejó de abrazarla. Danni apoyó la cabeza en su hombro, saciada, etérea.

Poco a poco fue volviendo la sensatez.

Notó y oyó cómo Adam tomaba aire.

–No digas nada –le pidió.

–Ni siquiera: increíble.

Danni se echó a reír y él la abrazó todavía más.

Adam se despertó y vio a Danni dormida a su lado, bañada por la suave luz de la mañana. Pensó que era la primera vez que la veía quieta. Estaba completamente relajada.

Sonrió al fijarse en que estaba tumbada en diagonal, ocupando gran parte de la cama. La clara piel de su brazo parecía tan suave, casi vulnerable. Sus ojos, que normalmente destellaban fuego, estaban cerrados. Las pestañas le acariciaban las mejillas.

Danni se movió y la sábana dejó de cubrirla por completo. Era tan bella que le cortaba la respiración.

Era tan femenina que tenía que haber estado ciego para no haberse dado cuenta antes. Era una mujer maravillosa. La pasión personificada. Tenía una sensualidad que lo atraía como no lo había atraído nadie antes.

De repente, se dio cuenta de que no podía estar pensando todo aquello. Se trataba de Danni.

Tenía que salir de aquella cama, volver a su habitación y cerrar la puerta con cerrojo tras de él, pero ya era demasiado tarde. De pronto, era como si estuviese al borde de un precipicio de algo desconocido y peligroso.

Danni abrió los ojos y esbozó una sonrisa. Ahí era donde estaba el peligro, en aquellos ojos. Le gustaba solo mirarlos. Ella sonrió todavía más y volvió a cambiar de postura. Adam se acercó a ella, sin importarle el precipicio.

–No sé si sabes que el francés es el idioma del amor –le dijo Danni mientras pasaba un dedo por su pecho–, pero anoche no me hablaste en francés mientras estábamos…

¿Haciendo el amor? Ninguno de los dos querría llamarlo así.

–¿Quieres que lo intente ahora?

A Danni le brillaron los ojos.

–Te diré cosas que te harán arder de deseo. Cosas que entenderás aunque no sepas francés ni italiano ni alemán.

Se colocó encima de ella mientras le decía:

–Cruasán, Citroën, Mercedes Benz.

–Continúa.

Adam le apartó el pelo de la frente y le dio un beso.

–Pizza, Ferrari.

–Creo que el italiano me gusta más que el francés –comentó Danni, moviendo las caderas.

–Tiramisú, Lamborghini.

–Hazme tuya.

Él le dio un beso en los labios y ya no pudo pensar en ningún idioma.

Capítulo Nueve

Adam estaba con Danni y Blake bajo el pórtico del chalé. Se sentía satisfecho.

Había pasado una noche y una mañana perfectas, haciendo el amor y riendo. Mientras observaba a Danni hablando con Blake se dio cuenta de que lo que más lo había sorprendido era la risa. Nunca había reído tanto con una mujer, pero a Danni le gustaba bromear, no tomarse las cosas en serio. Era toda una revelación.

Había tenido razón al decirle que las relaciones tenían que ser divertidas. Aquella era una de las múltiples lecciones que había aprendido de ella.

A Danni le gustaba vivir el momento. Se había negado a hablar del futuro.

Su energía lo había atraído. Danni había conseguido desempolvar una parte de él de la que se había olvidado.

La observó. Parte de esa energía se había desvanecido. Su tiempo de aislada perfección había terminado. Tenían que volver a la realidad y, por primera vez, él no tenía ganas de hacerlo.

—Espero que hayáis disfrutado de la estancia —estaba diciendo Blake, como si se lo hubiese aprendido de memoria.

–Mucho –respondió Danni.

–Ah, se me ha olvidado pediros que firméis el libro de visitas.

–Ya lo he hecho –respondió Danni.

Unos minutos después, cuando ya llevaban un rato en la carretera, Adam le preguntó:

–¿Qué nombre has puesto en el libro de visitas?

–Solo el mío. Y mi firma es casi indescifrable. No te preocupes, no hay nada que pueda relacionarnos.

Aquella no era la Danni de los últimos días, volvía a estar distante y un poco tensa. ¿Así era como iba a comportarse a partir de entonces? ¿Lo habría estropeado todo acostándose con ella?

–No es eso lo que me preocupaba.

–¿No? Entonces, ¿el qué?

–¿Me creerás si te lo cuento?

–Sí, te creeré –respondió ella suspirando.

–Tú serías la que más tendría que perder si lo nuestro se hiciese público –le dijo.

–No va a hacerse público. Ha sido solo un fin de semana –comentó Danni tan tranquila–. Solo lo sabemos tú y yo, y yo no se lo voy a contar a nadie.

Pero a Adam le preocupaba algo más. Lo que le preocupaba era perderla y perder lo que acababan de descubrir tan pronto. Nunca había estado tan cerca de nadie como de Danni ese fin de semana.

–¿Estás diciendo que lo nuestro se ha terminado?

Ella separó la vista de la carretera un instante para mirarlo con preocupación.

–Sí. Tiene que terminarse. Y lo sabes. No tenemos futuro. Vamos a volver a la realidad.

Ese era el problema. Que lo sabía y que, aun así, tenía la sensación de que su vida nunca volvería a ser la misma después de aquello.

–No estoy seguro de que eso sea posible.

–Lo superaremos.

–¿Y me tiene que parecer bien haberte utilizado como aventura de una sola una noche? ¿A ti te parece bien?

–Por supuesto. Yo también te he utilizado a ti. Probablemente no ha estado bien, pero…

Se encogió de hombros.

Él sacudió la cabeza.

–No sé, Danni. Las cosas han cambiado tan rápida y radicalmente. Necesito tiempo para pensar.

–No. Ya sé adónde quieres ir a parar. Piensas que no lo has hecho bien conmigo, pero yo no estoy de acuerdo. Lo has hecho muy, muy bien.

Adam la vio levantar la barbilla y entrecerrar los ojos y la expresión no le gustó.

–Te olvidarás de este fin de semana y continuarás con tu vida –añadió Danni–. Ambos lo haremos. Aunque sé que no te gusta la idea de haber utilizado a alguien.

–No te he utilizado. Sabes que jamás lo haría. ¿O sí?

–En ese caso, te debo una disculpa porque, aunque no haya sido intencionadamente, yo sí que te he utilizado a ti.

–No te creo.

–Pues créeme. Yo pensaba que era mutuo, si no, no habría…

¿No habría qué? En ningún momento se había parado a pensar en las consecuencias.

Tragó saliva.

–Así que, aunque sea un detalle que quieras protestar, no hace falta.

Adam no pudo descifrar sus pensamientos, pero tenía que averiguarlo, se lo debía. A pesar de lo que le estaba diciendo, tenía que hacer las cosas bien con ella.

No tenía elección.

–Danni, tenemos que hablar de esto.

–No, claro que no –respondió ella, con la vista al frente.

Adam no podía verle los ojos y necesitaba saber lo que sentía en realidad. Su mirada, tan expresiva, siempre la delataba.

–Vamos a parar en la cafetería en la que paramos al venir.

–No me parece buena idea –respondió ella, todavía sin mirarlo.

–Si lo nuestro se ha terminado…

–Tiene que ser así.

–Entonces, ¿nuestra relación volverá a ser la de antes?

–Sí.

–Entonces, ¿dejaré de ser tu amante y volveré a ser un príncipe para ti, nada más?

–Es lo mejor.

–En ese caso, para en la cafetería. Es una orden.

Y si de verdad quieres demostrarme que las cosas pueden volver a ser como antes, la obedecerás.

Danni respiró hondo y se obligó a relajar los hombros. Adam no tardaría en entrar en razón. Ella solo tenía que mantener la calma. Cuando vio la cafetería redujo la velocidad y entró en el aparcamiento. Era una conductora obediente. Ni más ni menos.

Dentro olía a café. Solo había un par de mesas ocupadas, pero nada más pasar al lado de la primera, sus ocupantes se inclinaron y se pusieron a murmurar. Era evidente que habían reconocido a Adam.

Danni se recordó que no tenían nada que esconder, ella era solo su conductora. Nada más. Lo llevaba de vuelta al palacio. A su vida. Tenía que haberse puesto el uniforme para que nadie reparase en ella.

Sin él, tenía miedo a que la gente viese a la mujer que había pasado el fin de semana en la cama, haciendo el amor, con un príncipe. Se sentía tan distinta, tan sexualmente satisfecha, que le parecía imposible que no se notase la diferencia.

Adam inclinó la cabeza y sonrió a todo el mundo. Luego se detuvo delante de la misma mesa que habían ocupado en el viaje de ida y esperó a que ella se sentase.

Se sentó en el banco de cuero y él, a su lado. Demasiado cerca. Ningún conductor se sentaría así con su jefe, sobre todo, tratándose de un príncipe.

La camarera los atendió de manera efusiva, solo le faltó hacer reverencias. Cuando se hubo marchado, Adam se acercó más a Danni y le dijo en voz baja:

–Hace solo unas horas estábamos haciendo el amor.

A Danni no le hacía falta que se lo recordase, pero no podía pensar en ello. Ni él tampoco debía hacerlo. Mucho menos, hablar de ello.

En el fondo sabía que no podían ser solo amigos, así que le iba a tocar llorar la pérdida de un amante y un amigo.

–Solo quiero saber que hemos barajado todas las opciones antes de condenar lo nuestro a la imposibilidad –añadió él.

–No tenemos ninguna opción y no hay nada nuestro.

–Siempre hay opciones.

–No en esa ocasión.

Adam se debía a su país, no era suyo y jamás lo sería.

Le pareció ver una sombra de pesar en sus ojos. Por debajo la mesa, su pie la tocó. Ni siquiera podían permitirse eso, pero Danni no fue capaz de apartar el pie.

Si no hubiesen estado en un lugar público y él le hubiese tomado la mano, habría sucumbido fácilmente. Pero, como estaban allí, Adam tenía la mano apoyada encima de la mesa, cerca de la suya, y no se podían tocar.

–El problema es que no puedo soportar la idea

de que lo nuestro se termine. Y creo que tú tampoco.

–Uno no siempre consigue todo lo que quiere en la vida.

Adam apoyó la espalda en el respaldo del banco al ver que la camarera volvía con sus cafés, pero no apartó la vista de su rostro.

–¿No te das cuenta de que se ha terminado? –le preguntó Danni cuando volvieron a estar solos–. Ha terminado cuando hemos salido de ese chalé.

Él frunció el ceño como si quisiese llevarle la contraria, pero sabía quién era y lo que le debía a su país y a su familia. Estaba volviendo a un mundo de responsabilidades. Entre ellas, la de buscar a una mujer que fuese su princesa.

–No podré estar cerca de ti mientras buscas a la mujer perfecta, Adam. Soy fuerte, pero no tanto. Y no soy masoquista.

Él se echó hacia atrás como si acabase de recibir una bofetada. Cerró la mano con fuerza encima de la mesa.

–Y yo no soy tan cretino. ¿Cómo voy a buscar a otra mujer después de haber estado contigo?

–Tienes que hacerlo.

Él se sentó más erguido. Durante varios segundos, estuvieron en silencio, hasta que él lo rompió.

–Voy a dejar de buscar a la mujer perfecta.

Danni se puso en pie, aunque le temblaban las piernas.

–En ese caso, es evidente que ya no me necesitas.

Capítulo Diez

El viaje de vuelta a palacio duró una eternidad. Adam fue en silencio todo el camino, inescrutable. Y ella solo quería llegar cuanto antes. Necesitaba alejarse de él, porque tenerlo tan cerca no pudiendo ser suyo era una tortura.

Pero cuando por fin vio el castillo a lo lejos, se sintió perdida en vez de aliviada.

Ya estaba. Aquella era la despedida.

Cuando detuvo el coche delante de la puerta, Adam se giró hacia ella y le preguntó:

—¿Quieres cenar conmigo esta noche?

—No. Voy a estar con papá —le respondió ella, respirando hondo—. Adam, no me hagas esto.

—Entonces, ¿el beso que voy a darte va a ser el beso de despedida? —le preguntó él.

—No. Sí. Quiero decir, que no podemos besarnos, pero si lo hiciéramos, sería un beso de despedida.

Adam se inclinó hacia ella, que dejó de pensar. Aspiró su olor, vio sus labios, unos labios que conocía tan bien. Y todas las células de su cuerpo desearon que la tocase. Un beso. Un recuerdo que atesorar. No era lo suficientemente fuerte para privarse de eso.

–Tú también quieres –le dijo él.

–No –mintió Danni.

Adam se echó a reír y ella miró hacia el frente, a cualquier cosa que no fuese Adam. Adam, al que no podría volver a tener jamás.

–Ahora deberías salir del coche. Ambos tenemos cosas que hacer. Tenemos que volver a nuestras vidas.

–No voy a salir hasta que no me des un beso.

–Eso es chantaje.

Danni pensó que no podía ceder. Salió del coche, le dio la vuelta y le abrió la puerta.

Mientras él salía, Danni fue a abrir el maletero y sacar su maleta. Se la llevó a la entrada del palacio. Luego se giró y se lo encontró justo delante.

Adam levantó las manos para agarrarle el rostro y ella se quedó inmóvil, sin respiración. Sus labios se separaron.

–Dime que no quieres que te bese tanto como lo deseo yo. Si me lo dices, no te besaré.

Ella luchó contra sí misma durante varios segundos.

–No quiero que me beses.

Adam inclinó la cabeza y le rozó los labios con los suyos.

–Has dicho que no lo harías –protestó débilmente Danni.

–Tú también me has mentido al decirme que no querías que te besase. Ahora dime que no quieres que te bese otra vez.

–No quiero –insistió Danni, sin poder evitar que

su cuerpo se inclinase hacia él, traicionando a su mente.

–Mentirosa.

Adam volvió a besarla, en esa ocasión, como necesitaba que la besase, apasionadamente. Lo abrazó con fuerza y dejó de razonar. Estaba perdida en él, en las sensaciones, en su calor, en su olor, en la exquisita presión de sus labios, en las caricias de su lengua.

Un ruido cercano hizo que ambos se separasen. Adam apoyó la frente en la de ella, le acarició la barbilla con el dedo pulgar.

–Esto no está bien –le susurró contra los labios.

–Ya te lo he dicho yo.

–Tendría que ser yo quien te acompañase a casa, y no al revés.

–De eso nada, la conductora soy yo.

–No, te despedí. Solo te he dejado conducir para hacerte un favor, porque sé que te gusta. Así que vuelve a subir al coche y ve hasta tu casa.

–No.

–Sí. O eso, o entramos a palacio juntos. Tengo una cama enorme, Danni. Y solo puedo pensar en tenerte en ella. Esta es tu última oportunidad antes de que te lleve dentro. Tal vez después pueda olvidarme de ti y permitir que esto se termine.

Danni supo que tenía que tomar una decisión, así que volvió al coche y se sentó en el asiento del copiloto. Si eso hacía que Adam se sintiese mejor, que pensase que era él quien tenía el control, que así fuese.

Él la llevó hasta la casa de su padre y paró el motor antes de mirarla con deseo.

–Bésame otra vez.

No había nada que Danni desease más, pero salió del coche, cerró la puerta con fuerza, le dijo gracias y adiós entre dientes y corrió a casa.

–¿Estás segura de que estás bien? –le preguntó su padre por segunda vez.

–Estoy bien, papá –respondió ella–. Solo un poco cansada. Estoy deseando meterme en la cama.

–Ah.

Danni miró a su padre.

–¿Qué ocurre?

–Que, al parecer, lo he malinterpretado.

–¿A quién?

–A Adam.

Alguien llamó a la puerta.

–¿Papá? ¿Qué pasa?

–Adam ha llamado hace un rato, me ha dicho que iba a venir a verte.

Danni fue hacia la puerta mientras su padre añadía:

–¿Hay algo entre Adam y tú?

Con la mano en el pomo de la puerta, Danni se giró y le contestó:

–No, papá, nada.

Ya no.

Abrió la puerta y se encontró frente a frente con el hombre al que no quería ver. Y no pudo evitar recordar todos los momentos que habían pasado juntos. De repente, dejó de sentir aquel opresivo peso en el corazón.

Lo había echado de menos.

Solo llevaban separados un par de horas y ya lo echaba de menos.

–Adam –dijo con la voz llena de anhelo, aunque no hubiese sido su intención.

Él se sacó un ramo de flores de detrás de la espalda.

–No tenías que haberlo hecho.

Era un detalle romántico.

–¿No te gustan?

Danni se llevó el ramo a la nariz y respiró hondo.

–Son preciosas. Es la primera vez que me regalan flores.

Adam le puso las manos en los hombros y la atrajo hacia él mientras buscaba su rostro con los ojos.

Danni intentó ser fuerte. Era difícil, cuando el deseo era tan urgente que empañaba todo lo demás.

Él la acercó un poco más y esperó.

Al final, fue ella quien cedió y se acercó a que le diese un beso.

Adam rompió demasiado pronto un beso que no tenía que haberle dado nunca. Le había puesto las manos alrededor de la cintura y las dejó allí.

Ella pensó que tenía que apartarse, pero no lo hizo.

Adam la besó de nuevo.

—Me he pasado toda la reunión con el embajador de España pensando en esto.

—Pero si decidimos...

—No decidimos nada.

Danni se echó a reír. Era una mezcla de exasperación y desesperación.

¿Por qué tenía que haberle ocurrido aquello con Adam, que era el único hombre al que no podía tener?

—Ven conmigo. Tenemos que hablar, Danni —le dijo él.

—No puedo, tengo que trabajar mañana.

—No lo dejes en la puerta, Danni. Dile que pase —dijo su padre desde el interior de la casa.

—No —respondió ella con la voz llena de pánico.

—Venid a ver esto —insistió su padre—. Están retransmitiendo la carrera de Brasil.

Adam arqueó una ceja.

—¿Qué hay de malo en ver la Fórmula Uno con tu padre?

—Muchas cosas.

Adam miró por encima del hombro de Danni.

—Buenas noches, señor St. Claire.

Danni se hundió, si su padre estaba allí, no podría deshacerse de Adam.

—Buenas noches, Adam. ¿Vais a entrar u os vais a quedar ahí, pasando frío, toda la noche?

Adam la miró y esperó a que tomase una decisión.

—Vamos a entrar —dijo ella por fin, suspirando. No tenía fuerzas suficientes para resistirse.

Ya lo haría al día siguiente, cuando ya no estuviese allí.

Iba a irse a casa de una amiga, donde Adam no pudiese encontrarla.

–¿Has cenado? –le preguntó Adam.

Ella negó con la cabeza.

–¿La comida china sigue siendo la preferida de tu padre?

Ella asintió, rendida por completo.

Vieron el partido los tres juntos y a Danni le gustó tanto la sensación que le dolió saber que aquello no volvería a ocurrir.

Después de cenar, preparó café. Necesitaba una excusa para estar sola, para recuperar las fuerzas, pero en la cocina se quedó mirando por la ventana, hacia la oscuridad.

Adam entró y se puso detrás de ella, abrazándola.

–Los momentos que pasé aquí, con tu padre y contigo, fueron lo más parecido a una niñez normal, y no sabes lo mucho que eso significa para mí. Siempre supe que mi padre me quería, pero era el tuyo el que pasaba tiempo conmigo, sin esperar nada a cambio. Siempre le he estado muy agradecido.

–Me gustaba cómo eras cuando estabas aquí, muy distinto a cuando estabas con Rafe o con otros niños. Con ellos eras tan serio, tan distante.

–Supongo que era insoportable.

–Te soportamos –dijo ella sonriendo, recordando aquella época.

Luego se apartó de sus brazos.

«¿Y si me enamoro de ti?», deseó preguntarle a gritos, revelando así su verdadero temor. Pero se lo guardó dentro porque sabía cuál era la respuesta a esa pregunta: que no podía ser.

Capítulo Once

Danni pensó que allí pasaba algo.

No era posible que tantos medios estuviesen interesados en el comunicado de prensa que iba a dar acerca del Gran Prix.

Intentó no pensar en Adam, al que había echado de menos en su cama durante la última semana.

Dio su charla y luego su jefe abrió el turno de preguntas. Él respondió a un par de ellas y luego, una de las periodistas a las que Danni no había visto nunca antes pidió la palabra y dijo:

–Me gustaría hacerle una pregunta a la señorita St. Claire.

Todo el mundo miró a Danni, que intentó ocultar su sorpresa.

Tenía un mal presentimiento.

–¿Es cierto que tiene una relación amorosa con el príncipe Adam?

Danni hizo fuerza para mantener la boca cerrada. Era evidente que a la mayoría de los presentes no les interesaba el Grand Prix, sino el gran premio. Un gran príncipe. Cotillear acerca de Adam y ella.

–No estamos aquí para hablar de eso –respondió ella sonriendo.

–¿Cómo definiría su relación con el príncipe? –insistió la otra mujer.

–¿Que cómo definiría mi relación con el príncipe? Para usted, con mucho cuidado. Y eso es todo lo que tengo que decir al respecto.

Se oyó una carcajada en la habitación. A los periodistas deportivos tampoco les gustaba la presencia de la prensa rosa.

Cuando las preguntas hubieron terminado, salió por la puerta trasera y se alejó a paso ligero de allí.

Conocía un restaurante pequeño y tranquilo en la parte vieja de la ciudad. Le darían una mesa en un rincón y podría pensar en lo ocurrido y en cómo hacerle frente. Iba hacia allí cuando un Jaguar negro se detuvo a su lado.

Wrightson bajó la ventanilla del conductor.

–El príncipe Adam quiere saber si tienes tiempo para él.

Iba a decirle que no cuando oyó una voz de mujer que la llamaba, eran la periodista a la que no había querido contestar un rato antes y un fotógrafo.

Danni se metió en el coche y quince minutos después estaban en palacio. Adam salió a recibirla.

Y a pesar de tener claro que lo suyo se había terminado, a Danni le dio un vuelco el corazón al verlo. Tan seguro de sí mismo, tan intenso. Preocupado por ella.

–¿Estás bien?

Danni asintió.

–Siento que te hayan hecho esas preguntas –comentó enfadado.

–No es culpa tuya.

Él le metió un mechón de pelo detrás de la oreja.

–Sí que lo es. En cuanto mi secretaria me ha contado que nos habían hecho varias fotografías juntos, he intentado avisarte, pero tenías el teléfono apagado. Por eso he mandado a Wrightson.

–¿Es demasiado tarde para decir que no hay nada entre nosotros?

–Hay fotografías de los dos esquiando y saliendo de palacio juntos. Creo que lo mejor será que digamos la verdad.

–Está bien, diremos que pasamos el fin de semana juntos, pero que fue un error –sugirió Danni.

–Yo no cometo errores. Y tú jamás serías uno.

–Bueno, entonces les diremos que… no funcionó.

–Yo creo que funcionó muy bien.

–Sí.

–Entonces, ¿qué vamos a hacer?

–Ha hablado con los consejeros de palacio. Y con mi padre y con Rafe.

–Ah, ¿y qué te han dicho? –le preguntó Danni–. No, espera. Ya lo sé.

No necesitaba que Adam le contase que lo habían convencido de que no podía haber nada entre ambos.

–¿Cuál es la estrategia? –le preguntó.

–No hacer comentarios –respondió él–. Y no volver a vernos. Si no avivamos el fuego, no tardará en extinguirse.

147

Luego la miró a los ojos y sacudió la cabeza.

–Te he echado de menos –añadió, agarrándola para besarla.

¿Cómo era posible que aquello tuviese que terminarse, cuando la besaba así? Entonces, pensó que lo necesita una vez más. Una vez más antes de que se acabase.

–¿Me harías un favor? –le preguntó.

–Haría cualquier cosa por ti –respondió él.

–Hazme el amor una vez más.

Adam retrocedió. Danni lo vio dudar y, un segundo después, capitular. Tomó su mano y la llevó en silencio al interior del palacio, a su habitación.

Cerró la puerta con cerrojo y, durante un delirante segundo, se miraron. Luego él volvió a tirar de su mano y se desnudaron el uno al otro.

Adam la tumbó en la cama y se tumbó encima de ella.

Y su mundo se redujo a aquel momento, a aquel hombre. Todos los pensamientos y sensaciones de Danni se centraron en él y en lo que le estaba dando.

Hicieron el amor lentamente al principio, pero Danni quería más y él respondió a sus necesidades, penetrándola cada vez más profundamente, moviéndose con mayor rapidez. Y haciendo que ambos llegasen al clímax juntos.

Danni se quedó conmocionada, agotada.

Él la tuvo abrazada mientras sus respiraciones se calmaban y sus cuerpos y mentes se adaptaban al hecho de haber dejado de ser uno solo.

–Es curioso –comentó Adam después de retirarle un mechón de pelo del rostro–. Siempre que soñaba con hacerte el amor en esta cama, imaginaba que lo hacía muy despacio, que tardaba horas y que el placer era infinito.

–Al menos acertaste en lo del placer infinito.

Él la abrazó todavía más.

–Y tal vez podríamos intentar…

Danni no supo de dónde iba a sacar las fuerzas para apartarse de él, porque no había pensado que estarían tan bien juntos. Que iba a desear algo más que su cuerpo y que hacer el amor con él. Que iba a querer entregarle su corazón.

Se había enamorado de Adam.

Era un hombre distinto a los demás. Le encantaba su seriedad, su complejidad, su bondad. Le gustaba todo en él.

Pero no lo podía tener. Por eso no podía admitir que sentía amor con él. No quería hacer que se sintiese culpable.

Buscó consuelo temporal volviendo a hacer el amor con él.

Mucho rato después, salió de su cama. Ya estaba vestida cuando se giró hacia él y se dio cuenta de que la estaba observando con deseo y pasión.

Pero había llegado el final. Ambos lo sabían.

Le dio la espalda a sus bonitos ojos marrones y se acercó a la ventana. Unos segundos después, vio el reflejo de Adam detrás de ella. Fuera, estaba anocheciendo. Su vida había sido tan sencilla hasta entonces. Se inclinó y apoyó la frente en el cristal.

Quince minutos después estaban sentados en la parte trasera del coche del jefe de seguridad de palacio.

–Yo te he hecho un último favor. ¿Puedes hacerme tú otro a mí? –le preguntó Adam.

Y ella asintió. No podía hacer otra cosa.

–¿Adónde vamos?

–Una vez me preguntaste si tenía una amante secreta. Ya verás.

Un rato después llegaban a un complejo industrial y flanqueaban una enorme puerta. Dentro, se detuvieron delante de otra puerta mecánica. Adam le dio a un botón para que se abriera mientras le decía:

–No se lo he enseñado a nadie.

–Tampoco tienes por qué enseñármelo a mí.

–Quiero hacerlo.

En cuanto la puerta quedó abierta, Danni se dio cuenta de que había un taller y un coche tapado con una funda.

–¿Para qué tienes un coche aquí, teniendo tanto espacio en palacio?

–Porque aquí es donde me olvido del palacio y de mi título. Detrás de esa puerta –le dijo, señalando al fondo–, hay unas escaleras que dan a un dormitorio y un baño. Y ahora voy a enseñarte a la mujer misteriosa.

Se acercó a quitarle la funda al coche.

–El Bugatti de papá. ¿Tú eras el coleccionista? –preguntó Danni sorprendida.

–Tu padre hizo muchas cosas por mí, sobre todo después de la muerte de mi madre, y quería hacer algo yo por él. Supe que vendía el coche para poder pagarte la universidad, y que jamás aceptaría mi ayuda económica, así que se lo compré a través de un intermediario. No me malinterpretes, lo hice porque trabajar en el coche me aporta paz y una gran satisfacción.

–¿Papá lo sabe?

–No. Quería terminar de arreglarlo y luego devolvérselo. Ya casi está.

Danni le acarició el rostro.

–Es un gesto precioso.

Adam abrió una puerta.

–Entra.

Ella bajó la mano y obedeció.

–¿Recuerdas…? –le dijo.

–Sí. Y me avergüenzo de ello.

–Me dijiste que una chica no podía conducir. Que las chicas no éramos buenas conductoras.

–Gracias por recordármelo. ¿Me llegué a disculpar por ello?

–No, pero me dejaste ser tu conductora. Así que imaginé que me querías decir algo.

–Es cierto. Y hoy voy a dejar que lleves el Bugatti. No está terminado, pero anda de maravilla.

Media hora después estaban aparcados en lo alto de una colina bajo un cielo de estrellas y la luna llena.

–Podría estar aquí contigo para siempre –comentó Adam en voz baja.

Danni apartó la vista y se limpió disimuladamente una lágrima del rostro.

–Espero que encuentres a un buen hombre, Danni –añadió él.

–¿Te sentirías insultado si te deseo suerte con la búsqueda de tu mujer perfecta?

–Mucho.

–Entonces, no…

–No, pero quiero que seas feliz.

–Yo te deseo lo mismo.

Adam echó la cabeza hacia atrás y cerró los ojos. Luego los abrió de nuevo y la miró con aquella intensidad tan característica suya.

–Si no te quisiera tanto, te pediría que te casases conmigo.

–¿Me quieres? –preguntó ella, llena de júbilo y de miedo al mismo tiempo.

–Con todo mi corazón. No sé cómo ni cuándo ha ocurrido, y no quiero que termine, pero no puedo pedirte que compartas conmigo una vida que te haría infeliz. Rafe me lo ha hecho ver.

–Si yo tampoco te quisiera todo lo que te quiero, aceptaría.

–¿Me quieres?

–Con todo mi corazón. Y sé cómo empezó, cuando tenía cinco años y tú me bajaste ese libro de la estantería. Y no sé cómo pararlo, pero sé que no soy lo que necesitas. Sería una esposa horrible para un príncipe.

Él le agarró la mano con fuerza.

–Estarías constantemente expuesta ante la prensa, tendrías que asistir a aburridos actos. No podría soportar ver que no disfrutas de la vida.

–Me acostumbraría, pero ¿y mi falta de sofisticación y diplomacia? Yo no podría soportar desacreditarte.

Adam le soltó la mano y le acarició el rostro.

–Sobran personas sofisticadas y diplomáticas en mi entorno. Lo que necesito es vitalidad y sinceridad. Alguien con quien compartir los momentos de tranquilidad. Y he aprendido a disfrutar de la vida. A ser más impulsivo. Aunque tengo que mejorarlo. Me vendría bien algo de ayuda.

–Yo no cumplo ninguna de tus condiciones como esposa.

–Eso no es cierto. Cumples muchas de ellas. Manejas bien a la prensa, te gustan los niños y eres preciosa, pero todo eso da igual, porque he hecho una lista nueva.

–¿Una lista nueva? ¿Cuándo?

–Cuando intentaste terminar con lo nuestro la primera vez. Pensé que era lo más sensato. Aunque no estaba inspirado y no me salió muy bien.

Bajó la mano y se sacó un papel arrugado del bolsillo. Se lo dio.

–No puedo leerlo, está demasiado oscuro.

–Dice: «Punto número uno. Tiene que ser Danni» –le contó él, suspirando–. Y eso es todo.

La luna apareció de detrás de unas nubes y Danni vio su nombre escrito en el papel.

–Tienes razón. No es una buena lista.

–No he podido hacerla mejor.

–Yo creo que necesitas ayuda.

–Es probable.

–Deberías añadir que tiene que quererte. Porque si te quiere, cualquier cosa a la que tenga que adaptarse será menos sacrificio que tener que dejar de amarte.

–Y supongo que yo también debo quererla a ella. ¿Con todo mi corazón?

–Exacto.

–Así que tiene que ser Danni, me tiene que querer y yo a ella. ¿Vas a ayudarme a encontrarla y a convencerla de que se case conmigo?

–Sí –respondió Danni suspirando–, pero solo si me besas.

Epílogo

–¿Te he dicho ya lo guapa que estás esta noche? –preguntó Adam, tendiéndole la mano a Danni.

–Sí –respondió ella, dándole la mano y acompañándolo a la pista de baile.

Eran la tercera pareja en salir a bailar. Los novios, Rebecca y Logan, también estaban bailando y solo tenían ojos el uno para el otro. La boda había sido preciosa, elegante y pomposa, pero llena de toques humanos y, sobre todo, de amor.

Danni y Adam eran de los pocos que sabían que, debajo del bonito vestido de la novia, crecía ya un nuevo miembro de la familia real.

Rafe y Lexie también estaban bailando. Su bebé, Bonnie, se había dejado oír durante la ceremonia con sus risas y gorgoritos. En esos momentos estaba de vuelta en casa, con la niñera.

En la mesa presidencial, el príncipe Henri y el padre de Danni bebían coñac y charlaban amigablemente.

Adam no había tardado en contarle a su padre que iban a casarse y luego, le había presentado a Danni. El príncipe Henri solo había querido asegurarse de que estaban enamorados y, después, había dicho que estaba convencido de que el país terminaría adorando a Danni, porque esta sería el cuento de hadas hecho realidad.

Y había tenido razón. La prensa enseguida se había puesto de su parte y todas las fotografías que sacaban de la pareja reflejaban a una Danni y un Adam radiantes de felicidad.

Su boda sería ocho meses más tarde. No se podía organizar en menos tiempo, teniendo en cuenta su importancia.

Ya estaban haciendo la lista de invitados. Muchos ellos acudirían por razones diplomáticas y protocolarias, pero a Danni le daba igual. Lo único que le importaba era estar con Adam. Durante el resto de sus vidas.

–Estás preciosa con ese vestido –le dijo Adam mientras seguían bailando.

–Pues estoy deseando quitármelo, lo mismo que los zapatos.

–Yo te ayudaré con mucho gusto. Aunque los zapatos te los puedes dejar si quieres.

Danni se echó a reír. No podía creer que unas semanas antes hubiese criticado su falta de alegría y espontaneidad. En público era la seriedad personificada. En privado, todo lo contrario. Y a ella le encantaba en todas sus facetas.

Deseo™

Un toque de persuasión

JANICE MAYNARD

Olivia Delgado había sido abandonada por el hombre que amaba, un hombre que nunca existió. El multimillonario aventurero Kieran Wolff se había presentado con un nombre falso, le había hecho el amor y luego había desaparecido. Seis años después, no solo había regresado reclamando conocer a la hija de ambos, sino también intentando seducir a Olivia para que volviera a su cama.

La pasión, aún latente entre ambos, amenazaba con minar el sentido común de la joven. ¿Podría confiar en él en esa ocasión o seguiría siendo un lobo con piel de cordero?

Siempre supo que ese día llegaría

¡YA EN TU PUNTO DE VENTA!

Bianca

Un fuego que nunca se apagó...

Solo con ver al atractivo James Crawford, Harriet Wilde
sintió que prendía en ella un
fuego que ardió hasta que
su padre la obligó a romper
la relación. Aubrey Wilde no
iba a permitir que su hija se
marchara con un hombre al
que él consideraba dema-
siado poco para ella.

Diez años después, James
se había convertido en el
presidente de un imperio
multimillonario y regresó
para vengarse de la mujer
que le había hecho sentir
que no era lo suficientemente bueno para ella. Haría
que Harriet experimentara
cada gramo de la humilla-
ción que él había sufrido en
el pasado. Sin embargo, lo
único que James consiguió
fue avivar las llamas de un
fuego que había creído apagado...

Un corazón humillado

Catherine George